哥布林殺手外傳2

鍔鳴的太刀

GOBLIN SLAYER

哥布林殺手外傳2
鍔鳴的太刀
GOBLIN SLAYER

哥布林殺手外傳2
鍔鳴的太刀
GOBLIN SLAYER!
蝸牛くも
Kumo Kagyu
繪者／lack
Illustration
下

哥布林殺手外傳2
鍔鳴的太刀
GOBLIN SLAYER!
下
DAIKATANA
The Singing Death
© Jack

冒險者啊！

祈禱並享受吧
© lack

「可惜啊，可惜……真可惜，你的冒險到此結束了。」

紅色刀刃是死亡的記號。
你、她、堂姊、夥伴們，大家都會死。
無一例外。
每個人。
都無法從《死》手下逃離。
© lack

CONTENTS

DAIKATANA

The Singing Death

哥布林殺手外傳2
鍔鳴的太刀
GOBLIN SLAYER!
蝸牛くも
Kumo Kagyu
繪者／lack
Illustration
下

Character 人物介紹

Sword Maiden lily

女主教

G-BIS
HUMAN FEMALE

你們在城塞都市的酒館遇見的少女。雙眼在過去的冒險中受了傷。能夠憑藉至高神的權能「鑑定」物品。

Blessed
Hardwood spear

女戰士

N-FIG
HUMAN FEMALE

你們在城塞都市遇見的少女。是已經進過迷宮的「經驗者」。使槍的凡人戰士。

You are the Hero

你

G-SAM
HUMAN MALE

四方世界北方的「死亡迷宮」入口處有座城塞都市。你是剛來到那座城市的凡人(Hume)冒險者。修習彎刀刀法的戰士。

DAIKATANA The Singing Death

Elite solar trooper, special agent and four-armed humanoid warrior ant

蟲人僧侶

G-PRI
MYRMIDON MALE

你們在城塞都市遇見的冒險者。以迷宮「經驗者」的身分擔任你們的參謀。侍奉交易神的蟲人族僧侶。

Hawkwind

半森人斥候

N-THI
HALF ELF MALE

在前往城塞都市的途中與你們相遇的冒險者。懂得隨機應變，擅長調解紛爭。是團隊裡的斥候。

One of the All-stars

堂姊

G-MAG
HUMAN FEMALE

與你一同來到城塞都市的堂姊。心地溫柔又愛擺姊姊架子，同時也有少根筋的一面。是在隊伍後方負責指揮的凡人魔法師。

——事情的起源已無人能知。

是可憐的農夫挖出了拱心石，愚蠢的小孩打破了神社的封印，還是天之火石所致？

總而言之，「死」朝整塊大陸溢出，是在不久後的日子。

疾病乘風擴散，吞噬人類，亡者甦醒，草木乾枯，空氣混濁，水源腐敗。

當時的國王下令，「查明『死』的源頭，將其封印。」

大陸的勇士們挺身而出，全數被「死」吞沒，曝屍荒野。

只有某個團隊（Party）留下一句話。

「北方的盡頭有『死』的入口。」

是誰發現那個地方的，無人能知。

那名冒險者也已經消失在「死」面前。

「死亡迷宮（Dungeon of the Dead）」。

人們聚集在無異於死神之口的深淵邊緣，不知何時建立起一座城塞都市。

冒險者在城塞都市召集同伴，挑戰迷宮，戰鬥，獲取財寶，有時直接命喪黃泉。

如此光輝燦爛的日子，一而再再而三地重複。

源源不絕的財寶及怪物，永恆的襲擊與掠奪（Hack and Slash）。

情。

生命彷彿不值錢似地大量犧牲，冒險者沉溺於夢想中，眼神不知不覺失去了熱

最後只剩下與「死」為鄰，不斷受炭火燻烤，宛如灰燼的冒險時光……

黑衣男悠然逃向黑暗深處，你們追在後頭。

若事實是如此，該有多好啊。

留在地下墓室的你們，僅僅是一蹶不振、狼狽不堪的殘兵敗將。

每個人都精疲力竭，沒人開口說話。

微弱的啜泣聲，不曉得是女主教(Bishop)還是女戰士的嗚咽。

你們撐過一場死鬥。獲得勝利，倖存下來。你們通過考驗，得到繼續前進的資格。

眼前是張開大嘴的黑暗深淵。

充斥魔力與殺戮的迷宮界(Dungeon)，在對你們招手。

然而——為何要踏進其中？

前方有什麼在等待你們，顯而易見。

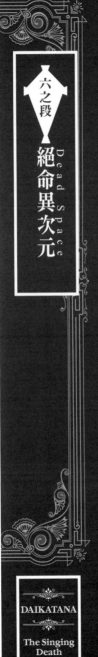

不是那名黑衣男。是潛伏於他身後的存在。

——「死」。

墓室依然瀰漫灰燼。

曾經是人類的灰燼。曾經是冒險者的灰燼。燃燒殆盡的灰燼。

你將其吸進肺部，吐出。連呼吸都令人作嘔。但不呼吸就會命喪於此。

所以，沒人採取行動——沒人產生採取行動的念頭。

你杵在原地，氣喘兮兮地吐出一口氣，發現自己仍握著彎刀。

手指僵硬得如同石頭，顫抖不已。文風不動，無法憑自身的意志鬆開。

你努力深呼吸，吐氣，反覆三次才總算鬆開手指。

甩了下彎刀——刀刃雪白得彷彿什麼東西都沒砍過——收刀入鞘。

這時，你終於有辦法開口對眾人說「走吧」。

「走——……？」

聽不懂這句話的意思。女戰士發出這樣的聲音。

你點頭。不得不去。留在這邊沒有意義。回到上方，重整態勢。

既然必須前進，那就是此時此刻你們非做不可的事。

「……」

若是平常八成會第一個出聲的堂姊，卻毫無反應。

你的堂姊目光銳利，瞪著漆黑的深淵。纖細的手指伸向嘴邊。

「『核擊（Fusion Blast）』不管用？因為還不完整嗎？迷宮之主（Dungeon Master）？怎麼可能。不過——」

她咬著大拇指的指甲自言自語，表情宛如準備挑戰真理的魔法師。

那是在熟練的團隊（Party）中，明白要是自己不破解法術，全員都會一命嗚呼的施法者的表情。

可是，那樣的表情也在剎那間消失不見。

察覺到你的視線，堂姊戴上**再從姊**的面具，對你露出微笑。

「說得也是！」

接著，你所期待的明亮聲音傳遍鴉雀無聲的墓室。

她像要獨自驅散籠罩整個團隊（Party）的迷宮瘴氣般，舉起手臂。

「都找到前進的道路了。怎麼能裹足不前呢！」

「……是。」

女主教輕輕將手指探入眼帶底下，揉著眼角站起身。

滿是灰塵的手中，緊抱著朋友留下的藍色緞帶。

她握緊天秤劍，下定決心點頭。

「無論如何，都得打倒那個人。不做好萬全的準備，想必不會有勝算。」

她的聲音在顫抖，語氣卻很堅定，使你瞪大眼睛。

「這樣的話，」半森人斥候咧嘴一笑。「首先要籌備軍費囉。」

有著落嗎？你敢於詢問，斥候搔著頭說：

「總之先找寶箱唄。可不可以等咱一下？」

「……我，」喀嚓。是嘴巴的敲擊聲。「都可以。」

半森人斥候對果斷回答的蟲人僧侶笑道：「別這麼冷淡嘛。」

每個人都像在硬把洩了氣的氣球吹起來。

不過，這樣也好。

女主教和蟲人僧侶把頭湊在一起看地圖，確認回程的路線。

堂姊快步走到前去開寶箱的斥候旁邊，大聲吆喝：「我來幫忙！」

大家似乎都在忙著履行各自的職責。

因此，你走向縮成一團癱坐在地的女戰士。

「……！」

連你的腳步聲都令她嚇得肩膀一顫，縮起身子。

手中的長槍四分五裂，化為碎片。恐怕再也不能拿來做為武器使用。

儘管如此，女戰士仍然死握著斷掉的槍柄不放。

應該不是像女主教那樣，把它視為失去之物抱在懷裡。

而是因為一旦放開唯一的依靠，自身的存在就會消失，女戰士才抱著這把槍。

面對這樣的少女，你又能說些什麼？

你能做的只有默默站在旁邊，跟平常一樣。

少女微弱的嗚咽聲參雜在眾人撥開灰燼行動的聲音裡，傳入耳中。

在迷宮內部，時間感會產生錯亂。

離那場死鬥過了多久？一天？數小時？還是只有短短數分鐘？

你很有耐心地等待著——突然，輕微的觸感及溫度碰到你的腳。

女戰士把頭靠在你的腳上，彷彿要在上頭磨蹭。

「姊姊他們，」她低聲嘟囔道。「……全都死掉了。」

或許這句呢喃，正是讓她一路走到這裡的動力。

她相信「死」的深處才有生的存在。然而，事實並非如此。就這麼簡單。

不過——這個事實，已經足以讓人覺得可以就此停下腳步。

再怎麼疲憊，只要有一個目標，即使速度不快，人類還是有辦法繼續前進。

但抵達那個目的地後，又要如何向前邁步？

何況是在耗盡一切的狀況下——發現那裡空無一物。

不是所有人都有辦法一直相信，山峰的另一側有幸福存在。

——可是。

你認為就算這樣，也比說著「不可能有幸福存在」這種自以為是的話的傢伙來得好。

想要確認，站起身，一步步前行，來到這個地方。

從地下一樓到五樓，比任何人都還要早一步抵達「死亡迷宮（Dungeon of the Dead）」的心臟。

那是只會耍小聰明，在地面靠殺戮與掠奪（Hack and Slash）維生的人絕對辦不到的事。

那是冒險者才辦得到的事。

你對這名同時失去家人、朋友的少女無話可說。

但你有話要對為了拯救眾人，努力咬緊牙關走到這一步的少女說。

你伸出戴著護手的手，像在觸碰白雪似地靜靜撫摸女戰士的頭。

絕對不是在安慰她。是要稱讚她做得很好。

「…………嗚、嗚嗚……」

她抽抽搭搭地哭著，啜泣聲從試圖壓抑的嘴角洩出。

而你只是持續撫摸她融進昏暗墓室中的黑髮。

這沒什麼。

因為，你命在旦夕之時；或者說，在你體內燃燒的燈火（Spark）即將熄滅時。

從決定挑戰這座迷宮的那一刻開始。

這女孩就在你身邊，和你一起走過來了不是嗎？和所有人一起，並肩而行。

沒錯，不只是你。

在你沒看見的時候，女主教、堂姊、蟲人僧侶、半森人斥候，也受到她的幫助。

既然如此——等她重新站起來又有何難？

過沒多久。

哭聲中斷，轉為微弱的抽鼻子的聲音，你判斷時機已經成熟。

走得到上面嗎？你以平靜的語調詢問。

不是要回頭。無論要進入迷宮深處還是放棄挑戰，都要為了繼續前進而前往上層。

女戰士愣愣地抬頭注視你。

她的雙眼泛著淚光，如同透明的湖泊般清澈深沉，昏暗得能將人吸入。

「…………嗯。」

這聲音簡直像哭累的女童。纖細的手伸出，碰觸你的手。

你回握糾纏上來的手指，輕輕拉起她。

女戰士以彷彿在伸懶腰的緩慢動作站起來，穿著鐵靴的腳後跟於地面敲了下。

「我的長槍斷掉了——回程這段路就交給你囉？」

慧黠的微笑及銀鈴般的笑聲。她拍拍你的肩膀，俐落地轉身。

你對女戰士的背影點頭，接下這個任務。

黏菌(Slime)、小鬼、強盜(Bushwhacker)，有種就出現吧，有種就來吧。

——看我把你們全砍了。

§

國家燃燒的味道乘風而來。

黑夜降臨——天空卻是亮的，並不是因為城塞都市是不夜城。

天空的另一端燃燒著。雙月及星光被暗紅色火光蓋過，黑煙滾滾。

這裡是城外的迷宮，所以看得很清楚。

來自無盡遠方的黑色河流，從城牆外面伸向都市。

蠕動著流進城塞都市的那條河是人民，是脫隊的士兵。

吞了敗仗，好不容易從崩解的六角格(Hex)存活下來，爬向北方盡頭尋求活路。

結束的氣息。連餘火都沒有，是冰冷灰燼的味道。

四方世界成了一片焦土。

「……這什麼情況？」

半森人斥候錯愕地問。

他連輕浮的面具都沒戴上，將遺傳自父母之一的銳利目光投向遠方，低聲沉吟。

「開戰了……嗎？」

女主教稍微抬頭，嗅著氣味。

講話一頓一頓，語尾細若蚊鳴。

但那並非出於恐懼，而是在小心謹慎地判斷敵人的真實身分。

才剛經歷過那麼殘酷的事，女主教的表情卻堅毅有神。

八成是因為失去視力的她，更能感覺到瀰漫空氣的濃郁「死亡」氣息。

「早就開戰了吧。」

敲了下嘴巴的蟲人僧侶亦然。

他晃動頭上的觸角，語氣像在諷刺愚蠢糊塗的凡人（Hume）。

「這裡正是最前線。雖然每個人之前都一副事不關己的模樣。」

平常會在此處負責戒備的近衛騎士也不見人影。

不單指那位熟識的女性，附近真的半個士兵都沒有。

你沒有批評他們不謹慎的意思。

純粹是**現在無暇顧及這些**吧。

——你怎麼想都不覺得，事到如今還會有比「死亡迷宮」更重要的事就是了。

「趕快走吧。」堂姊看都沒看你一眼。「要打聽情報的話，先去酒館再說！」

行。你輕拍女戰士的背，飛也似地狂奔起來。

你疲憊不堪，想好好大睡一覺。神智卻是清醒的，頭腦嗡嗡作響。

動作比你慢一步，速度卻比你更快的半森人斥候從旁衝過，蟲人僧侶跟在後頭。

「走吧。」

背後傳來女主教的聲音，你聽見女戰士「嗯」了一聲回答。

接著是三人份的腳步聲傳入耳中。那就沒問題了。堂姊也在，就不會有問題。

該擔心的是城裡的人。

「這些全是逃過來的人……！」

半森人斥候會這樣哀號也是無可奈何。

眼前是一**般的城市**。

城塞都市是冒險者的都市。冒險者會旁若無人地大步走在街上。

如今，那些人不見蹤影。擠滿都市的，是穿著寒酸的群眾。

神奇的是，無人攜帶體積龐大的行囊。也沒有人驚慌失措，只是顯得十分疲憊而已。

你發現他們是拋下一切，什麼都沒帶，率先逃到這裡的聰明人。

因此他們才有辦法第一個進入城塞都市。剩下的人，都在那條黑河的源頭。

「死」想必正在慢慢從那裡吞噬那條河流，緊逼而來。

——真奇怪。

你發現自己下意識揚起嘴角。

「死」的源頭可是那座地下迷宮，這座城塞都市卻是最後沉入「死」的地方。

你打開「黃金騎士亭」的門，走進籠罩著與平常截然不同的喧囂聲的酒館。

「救命！魔神（Demon）潛伏在我們的村子裡！他變成小孩的模樣……把大家全殺了!!」

「龍！龍來了！天空在燃燒！城塞瞬間就垮了……！」

「白痴，那種東西之後再說！亡者殺過來了，有空迎擊的人快去支援!!」

「大家回來了……明明被殺掉了……還是搖搖晃晃地站起來……大家，大家都……」

大聲嚷嚷的人、恐懼不安的人、無助的人、抵抗的人、蹲在地上喃喃自語的人。

「黃金騎士亭」也同樣不再是冒險者尋求邂逅與離別的場所。

每個人都在述說、哀嘆、吶喊自身的苦境。

並不是——沒錯，並不是在求助吧。

只是想找個人說話……就算對方沒在聽也無妨。總之就只是想傾訴自身的心情。

畢竟這座城塞都市沒有冒險者公會。識別牌毫無用處。

有話想跟冒險者說，除了往酒館擠以外別無他法。

而城塞都市的冒險者，大多都為這場騷動露出十分不耐的表情。

你感覺到灰的氣息，呼喚熟識的女侍。

「啊，不好意思……不對，歡迎回來！」

忙碌地跑來跑去的女侍搖晃那對不曉得是真是假的兔耳，停下腳步。

幸好各位平安無事——她簡單問候了一句，面帶愧疚地說：

「如您所見——整間店都坐滿了。」

經她這麼一說，你們的團隊（Party）固定坐的位子，已經被難民占據。

不過，嗯，看這情況別說收集情報，連休息都沒法休息。

你扔出金幣，詢問女侍能否盡快幫你們包六人份的飲料及食物帶走。

「好的，馬上來！」

兔耳女侍將金幣塞進雙峰之間，啪噠啪噠地跑進裡面。

「……看來事情嚴重了。」

提議前往酒館的堂姊低聲說道。

是啊。你簡短回答。

——不對。

借用蟲人僧侶所言，早就是這樣了。

世界的滅亡早已吹響號角，你們不正是在與之抗衡嗎？

僅僅是許多人此刻才終於察覺，「死」正在逐漸逼近。

「你之後有什麼打算？」

堂姊問道。真難得。雖然她應該不是在迷惘。

暫時先——你回答。

「暫時先？」

回旅館休息吧。

你斬釘截鐵地斷言。狀況顯而易見，該做什麼再明白不過。

你們剛經歷一場激戰，從迷宮撤退。休息、鑑定戰利品，其他事之後再說。

聽見你乾脆的指示，堂姊眨了下眼睛，緊繃的神情稍微放鬆了些。

「嗯，你說得對！」

宛如花朵綻放的笑容使你鬆了口氣，**再從姊**還是這樣比較好。

你從跑回來的女侍手中接過晚餐，催促眾人離開酒館。

你們你一言我一語地交談著，卻有種在掩飾什麼的感覺，這很正常。

這段期間，女戰士仍然一語不發，只會隨口應聲，同樣很正常。

你走在擠滿難民的城塞都市中，仰望天空。

城市及天空都一片明亮，連從對面山峰升起的煙都看不見，更遑論星光。

——沒什麼大不了。

沒錯，無須驚慌。現在在這邊手忙腳亂，也無濟於事。

終結即將開始。僅此而已。

——最後一局（Climax Phase）終於到來。

§

無論格子的情況如何，棋盤上的太陽依舊會升起。

淡藍色的天空下，你沐浴在從天而降的白光中，從稻草堆裡坐起身。

幸好馬廄和簡易床鋪還有空位——骰子骰出了好點數。

一想到同時還有許多人流離失所，沒有旅館可住，只得睡在路旁，就覺得——

——真不可思議。

你喃喃自語，撫摸黏著稻草的下巴。

自己撿到了好處、自己做得很好、自己奪走了他人的安歇之處——並沒有這種事。

而是有某種因素會在每個人都盡己所能——就算其中有人偷懶——的前提下，

將結果分出好壞。

分不清是宿命還是偶然的那東西，在這種小地方也會擲出骰子。

即使不知道明天會發生什麼事，唯有怒罵骰出好點數的人這種事，你不會去做。

你判斷事實就是如此，站起身，呼喚睡在稻草堆裡的同伴，叫他們起床。

「……幹麼……天亮了喔……」

「睡著了嗎……」

從睡夢中甦醒的兩位同伴，看來睡得不太好。

不曉得是因為在迷宮中的戰爭，還是城塞都市窘迫的現狀所致。

無論如何，看到你一如往常的模樣，兩人大吃一驚。

你整理了一下儀容，催促兩人盡快準備。

看城市現在的狀況，酒館大概沒辦法好好吃飯，而且你還有事想請夥伴們幫忙。

你想在三位女性出來前，先在旅館跟團隊(Party)全員會合。

你跟平常一樣，下意識抬頭望向旅館樓上，設置簡易床鋪的房間的窗戶。

每晚會從窗戶看著這邊微笑的少女，不見人影。

取而代之的是無精打采地從那裡看著窗外，臉蛋小巧玲瓏的金髮少女。

你比手畫腳了一陣子，然後苦笑著呼喚頭上的她。

女主教立刻著急地打開窗戶，穩穩將纖細的身軀探出窗外。

「怎、怎麼了嗎……⁉」

想先在飯店入口集合，討論今後的行程。你簡單說明用意。

接著補上一句，要她們把行李全帶在身上。

「好的！」女主教回答後，將臉縮進屋內。

這樣就好。女戰士的狀態固然令人擔憂，交給女主教和堂姊就沒問題了吧。

「討論啊……」

斥候睡眼惺忪，看著你俐落地結束這段對話。

不，搞不好他只是裝成想睡的樣子。你知道他就是那樣的人。

都認識那麼久了——以時間來說或許並不久，但你是這麼認為。

他、從衣服裡拿出稻草的蟲人僧侶、女主教、女戰士都一樣。堂姊更不用說了。

「……老大，你有什麼想法嗎？」

因此你哈哈大笑，回答半森人斥候。問這什麼蠢問題。

——就是因為沒有半點想法，才要跟大家一起討論不是？

你們帶著昨晚在酒館打包的食物，於旅館大廳的一角用餐。
街上躁動不安的氣氛也湧進旅館，營造出一股殺氣騰騰的氛圍。
擠在門口的難民及阻擋他們的員工的交談聲響徹四方。

§

「喂，為什麼不讓我們住！沒有其他地方可以去了！」
「非常抱歉。提供給客人的簡易床鋪已經沒有空床……」
「那拿其他房間出來用啊！房間明明這麼多！」
「不好意思。一般客房（Economy）以外的房間不方便開放。馬廄的話——」
「是要對我們見死不救嗎!!竟然叫我們跟家畜一起睡，開什麼玩笑！」
旅館的職員們出於善意，開放了幾間客房，可惜數量終究有限。
再說，就算看不下去這樣的慘狀，總不能讓難民踏進最高級的房間。
慈善精神不等於無償提供所有資源。
交易神寺院的教誨化為一面盾牌，守護著旅館的秩序。
「……哎，不意外。」
蟲人僧侶語氣凝重，用那張嘴咬碎果實，邊吃邊說：

「要是把這間旅館全讓給他們住，哪還稱得上『慈悲』。」

金錢是跟風一樣循環的東西。一旦源頭阻塞，空氣就會停止流動。

原來如此。你將夾著肉乾的麵包扔進口中，環視眾人。

事實上，你們並沒有在進行對話。

堂姊連早餐都忘了吃，認真翻閱之前買來的魔法書。

女戰士低著頭，小口咀嚼食物，女主教對你投以困惑的目光。

平常會開口說話的半森人斥候也在觀察情況，看起來不知道如何是好。

你「唔」了一聲，將旅館員工準備的井水送入口中。

即使是在這種時候，冰涼的水依舊美味，填飽肚子心情也會跟著平靜下來。

——目前。

你開口說道，眾人的視線瞬間集中在你身上。

連女戰士都用那無神卻像在求助的眼神注視你。

然而，你要說的不是多了不起的意見。你苦笑著繼續說明自己的打算。

目前最重要的是確保有旅館住。

「是啊。」

半森人斥候一副看到援軍的態度，急忙接話。

他滔滔不絕，彷彿不能讓對話中斷，接著說道：

「咱們之所以有辦法行動，就是因為有能放心休息的地方。」

正是如此，假如失去這個據點，你們將無所適從。

「睡覺的地方、休息的地方。」女主教邊想邊點頭。「還有裝備也是吧？」

「就算可以扔在房間，看這情況，被人摸走都不奇怪。」

半森人斥候望向仍在門口互相推擠，大聲喧譁的難民。

想到在地下二樓遇到的初學者獵人，飢餓之人會幹出什麼好事自不用說。

女主教表情有點憂鬱，卻沒有否定，點了下頭。

她也不是懵懂無知的少女。

你先行闡述據點的重要性，然後表示現在正是用錢的時候。

既然如此，問題就在於錢，負責管帳的堂姊卻專注在啃書上。

你叫了**再從姊**一聲，她猛然抬起埋在魔法書中的頭，眨眨眼睛。

「咦？」

咦什麼咦。現在在講團隊（Party）的資產，你們持有的錢。必須知道還剩下多少。

「啊，說得也是……我都有存起來，所以資金挺充裕的。」

堂姊說著，仔細背出團隊（Party）的帳目。

那就決定了。你說。

——去借最高級房（Royal Suite）吧。

「咦咦!?」

堂姊聞言，發出不知道是驚呼還是悲鳴的聲音。

「不便宜喔？住不了太多——」

管他的，反正不會住太久。

怎麼樣？你問的是默默抱著胳膊的蟲人僧侶。

「……我都可以。」

他正經八百地說，敲了下嘴巴稍事停頓。

「既然你決定採用那個方針，就這麼辦吧。」

「我、我也沒意見……！」

女主教急忙大喊，斥候也無奈地笑道：「床太軟反而會害人上年紀咧。」

以現在的狀況來說，最高級房的安全性，比什麼都還要值得花錢。

再加上做什麼都需要錢。這樣也能提供旅館一些支援吧。

——好。

你將手續交給堂姊辦理，接著對其他人下達指示。

其實也只是請他們在旅館待命罷了。

畢竟失去據點可不是鬧著玩的。由其他人顧好東西，自己則趁這段時間外出。

你認為這是最好的方案。

「咦……」

女戰士用失去焦點的雙眼呆呆看著你。

要走了嗎？

你點頭回應那彷彿在這麼詢問的視線。

至少得掌握街上的狀況，而且不管之後打算怎麼做，都必須整頓裝備。

「啊……」

女戰士低下頭。你刻意不明說，但她應該是想起了那把長槍。

斥候斜眼望向她，輕描淡寫地說：

「這樣的話，由咱去比較好吧？」

不。你搖頭。萬一旅館發生什麼事，最好有個能負責傳令的人。

你告訴他「所以就拜託你了」，斥候回答：

「沒辦法。老大也別太勉強自己啊。」

嗯。你點頭，將行李交給其他人，拿著刀起身。

本來你其實想全副武裝走在路上，不過貿然刺激難民，反而會招致危險吧。

——既然如此。

城塞都市可能已經變得跟迷宮差不多危險。

你邊想邊離開旅館。

變化。

實際上，離開旅館時大部分都是要踏入險境的時候，因此你的心境沒有太大的

不同於以往的，唯有女戰士緊盯著你的背影這件事，使你不太自在。

§

「妳在做什麼!!」

「對不起，對不起……！我從昨天開始就沒有吃任何東西……」

「肚子餓就能拿別人的食物吃嗎!?」

「請原諒我，孩子還在等我……」

「搞屁啊！我們可是拿命在賺錢，混帳東西!!」

冒險者踹倒可憐兮兮地哭喊的難民。孩童大叫著，怒罵聲此起彼落。

踏進城塞都市一步，到處都看得見類似的騷動。

若要判斷何者為惡——秩序的天秤恐怕會倒向難民的罪過。

因為神明絕對不會拿可悲的處境，赦免從他人手中掠奪的罪孽。

任何人都無法成為給予逃獄犯燭臺的祭司，也沒資格命令別人這麼做。

話雖如此，譴責逃獄犯的警衛未必正確，卻也沒有犯錯。

法律及秩序是人類擁有的人權，因此既不完整、模稜兩可又寬容，而神明容許了這一點。

但不完整這個事實，絕不代表沒有秩序。

如今侵襲城塞都市的是混沌的暴風，畏懼「死亡」影子之人的恐慌。

你保持在隨時可以拔出彎刀的狀態下，一察覺到前方有騷動的氣息就拐彎前進。

除非會見血，否則不該隨便插手這場紛爭。

「妳這傢伙……！夠了喔!!」

「給我住手！」

更重要的是，只要握住腰間的武器，或者舉起能施法的手杖，近衛騎士就會介入。

不，搞不好是好心的冒險者。總之，這裡不全是會隨便搗亂的人。

他們和她們四處奔走，以從冒險者手下保護難民，而非從難民手下保護市民。

不過——持續不了多久。

思及此，你抵達「黃金騎士亭」，在裡面找到目標人物。

「唔。」

「嗨。」

身穿閃亮甲冑的金剛石騎士旁邊，銀髮少女面無表情地抬起一隻手。

酒館的氣氛跟昨晚比起來稍微平靜了些——應該可以這麼說。

顯然是因為以那位騎士為首，幾組準備前往迷宮探索的團隊聚集於此。

女侍正在清掃地上的木屑——上頭沾了血——由此可見……

——難民也受到了慘痛的教訓。

然而，大白天的酒館卻氣氛緊張，原因並不只有這麼簡單。

他的團隊氣勢洶洶，帶著大量的行李，氣氛凝重。

——你們要逃到外地是吧？

「類似。」

你開了個玩笑，金剛石騎士苦笑著回答。

他以如同君主的動作向夥伴下達指示，邀請你離開圓桌。

只有銀髮斥候一人輕快地跳下椅子，小步跟在你們後面。

你感謝他的安排。這件事不該大肆宣揚。

「那麼，看閣下這樣子……你們那似乎也發生了什麼事，我猜對了嗎？」

嗯。你點頭。

最糟糕的情況，是你們帶著情報消失在迷宮的黑暗中。

你不得不將手中的情報告知其他人。此乃當務之急。告訴最可信的其他團隊。

路上的隨便一個團隊（Party）沒有意義。必須是實力堅強，值得信賴的團隊（Party）。

在識別牌和等級派不上用場的這座城塞都市，能作為判斷標準的，唯有攻略樓層。

意即——除了金剛石騎士的團隊，別無他選。

手拿赤刃潛伏於「死亡」最深處的男子。一切的元凶。迷宮之主（Dungeon Master）。

通往地下五樓的路線，直達深淵的升降機。不曉得是「命運（Fate）」抑或「偶然（Chance）」，你發現的攻略路線。

你冷靜地將自己知道的情報，以及應該知道的情報，傳達給金剛石騎士。

銀髮少女睜大眼睛，分不清是出於驚愕還是恐懼，金剛石騎士則泰然自若。

他默默聽完你所說的話，過了一會兒簡短咕噥道：「是嗎？」

「……這樣的話，該馬上砍斷那傢伙的腦袋，可是——」

——不能這麼做嗎？

「不能。」

金剛石騎士嘆了口氣。

「只要國家的首領不處理這個狀況，我們也束手無策。先別說世界了，這個國家會先滅亡。」

確實。

你不是商人，也不是團隊Party的會計。但身為頭目，你經手過不小的金額。城塞都市有源源不絕的財物。迷宮會湧現無限的財寶。

不過——僅此而已。

金錢如泡沫般滿溢而出，物價上漲，沒有極限。

總有一天物資會供不應求，不管有多少金銀財寶都買不到。

糧食、衣服、其他東西通通消失，只剩下金錢、冒險者，以及「死」。

面對這樣的情況，只要國王出面處理即可。然而看城市這副慘狀——

「他眼中已經只有自己的性命。」

金剛石騎士語帶不屑。

「只要自己美麗的宮殿平安就好。可笑至極。」

銀髮少女驚訝地望向金剛石騎士。但你也有同感。

現在，這座城塞都市的秩序——是由交易神寺院吹起的風負責管理。

無償的善意並不存在。就算存在，強迫他人付出也是不對的。

倘若這則教誨沒有滲透人心，這座城市八成會被拿慈悲當表面理由的難民吞噬殆盡。

而試圖維持秩序的，是商人、近衛騎士，以及冒險者。

全是聚集於此，從迷宮存活下來的人，而非來自外界之人。

從外界湧入的，只有又餓又渴，除此之外一無所有的人。

認同拿自身的境遇當藉口掠奪他人的人。不以為然，潛入迷宮的人。兩者都一樣。

到頭來，想在這座城塞都市活下去——只有殺戮與掠奪（Hack and Slash）這條路可走。

一切都沉入混沌之中。即使有人殺了迷宮之主，也沒有意義。

有的只剩下「死」。

「我來殺了那傢伙。」

你看著金剛石騎士的眼睛。他沒有半分開玩笑的意思。是認真的。

「…………那東西已經成了不死王（Vampire Lord）。被『死』迷住了。」

那傢伙、那東西。你明白這兩個詞彙所指的是誰。

旁邊的銀髮少女不知所措地輪流看著你和金剛石騎士。

「砍掉他的腦袋，整頓好國家，反手迎擊『死亡（Army of Darkness）』大軍。不過——」

——假如勝利後「死」仍舊源源不絕，還有什麼意義？

「也就是說，我們利害一致，不是嗎？」

目標就一個，打倒罪魁禍首。

金剛石騎士臉上的笑容有如一名頑童，你想必也露出了同樣的笑容。

你點頭。毫不猶豫。打從一開始，你就是為此來到這個地方。

© lack

「豈能讓不死王對王都為所欲為。我要直搗魔穴。」

——我們負責摘下「死亡迷宮」之主的首級，結束一切。

你們互相點頭。這樣就足夠了。

能得到他這位知己，實在很幸運。

「另外，有件事想拜託你。」

——說來聽聽。

「這孩子。」

放在自己肩上的手代表什麼意思，銀髮少女似乎沒有馬上理解。

她茫然仰望頭目（Leader）的臉，這段期間，金剛石騎士仍在接著說道：

「我們原本就是在這個世界打滾的人。不過，這孩子是之後才加入的，也就是被牽連進來的。」

所以麻煩你幫忙照顧她——金剛石騎士大概是想這麼說。

然而在那之前，她先行開口。

「……我也要去。」

這句話聽起來像輕聲細語，又像嘶聲吶喊。

她用纖細的小手撥開金剛石騎士的護手，抬頭盯著他說：

「我不想被拋下……！」

你和這名少女認識的時間並不長。
不知道金剛石騎士和她經歷過怎樣的旅途、冒險。
就跟他和她不會知道你和你們的冒險一樣。
可是，少女眼泛淚光，咬緊牙關，儘管如此還是想將心情傳達出來的意志，你感覺得到。
不可能感覺不到。
「我是你的斥候。不是其他任何人的。已經決定好了。我，自己決定的。」
──看來你逃不掉了。
用不著你說，金剛石騎士困擾地搔著臉頰，嘆了口氣。
他的動作及表情，是再明確不過的回答。
你不禁失笑，銀髮少女看著你說：
「你才是。她就交給你了。」
你點頭應允。
你原本就打算盡己所能。
聽見你的回答，銀髮少女揚起嘴角，展露無奈的微笑說道：
「──一定是這個部分吧。」

§

「長槍嗎？不好辦啊。」

宛如昏暗地窖的武器店深處，會讓人誤認成礦人（Dwarf）的老者面有難色，撫摸下巴。

你向店長詢問有無前幾天斷掉的女戰士的長槍，得到的卻是否定的答案。

「在地下迷宮找到的武器，本來就是刀劍、錘矛（Mace）、手杖類占大多數。」

店長邊說邊掃了店內一眼。如他所說，架上的商品幾乎都是那些武器。

大刀、強力的鐵鎚、獸人殺手、魔法師粉碎者。總而言之，長槍類並不多。

稀少的長槍迫使你皺起眉頭。

「全是大量製造的量產品。東西不壞，卻稱不上好武器。」

果然嗎？你雙臂環胸，嘀咕了一句。

俗話說專家不會挑武器，但不代表可以不用挑選。

何況這不是你要用的武器，而是夥伴的。得盡量挑選與實力相符的武器。

至少那名黑衣男，把她之前用的長槍擊碎了。

那麼用比以前差的武器，恐怕也不會有任何意義。

既然如此，要不是從城塞都市外面調貨，就是請這家店鍛造——

「……以目前的狀況來看。」

並非不可能。不過骰出好點數的機率恐怕不高，顯而易見。

你雖然樂於把命賭在骰子上，現在時機未到。

照店長這麼說，想在現在的城塞都市找到一把好槍，果然有難度嗎？

「我會先試著找找，不過我無法隨口答應你。」

就算這樣還是值得感激。你反而不希望他隨口答應。

剩下就是——

「你的彎刀嗎？」

嗯。你點頭，連同刀鞘將那把彎刀從腰間抽出。無銘的好刀。可靠的武器。

不知道它究竟能不能對抗赤刃及其使用者黑衣男。

可是——至少能夠交鋒。

赤刃握在年輕魔法戰士手中時，這把彎刀確實和它打得難分難捨。

這樣的話，下次也用這把武器應戰才符合常理。

「行，這工作我接了。」

你從錢包拿出一把金幣，購買各種消耗品，離開狹小的地窖。

來到城塞都市的街上後，令人喘不過氣的封閉感仍未消失。

風吹進交叉成十字的狹窄石板路，氣息變得截然不同。

切割成四角形的天空比以前更加遙遠，聽不見街上的人在說什麼。

覆蓋一切的，是難民與冒險者的爭執聲、緊張感、緊繃的「死亡」氣味。

足以令你瞬間產生自己正在探索地底的錯覺。

總有一天，你會不會連四面八方的建築物，都看成只有輪廓線的鋼骨(Wireframe)？

那一定意味著，你已經變得跟那些強盜(Bushwhacker)並無二異。

你微微一笑，拿著行李悠然邁步而出——

「……事情嚴重囉。」

熟悉的聲音伴隨清爽的風傳來，你反射性停下腳步。

——是她。

落在巷子的夾縫間，建築物與建築物分界線上的黑影中，嬌小的人影帶著貓一般的微笑蹲在地上。

女情報販子在外套底下竊笑著，朝你這邊走過來。

事態確實不容小覷。可是，或許沒有太大的差別。

「哦？」

因為該做的事沒變。

情報販子聞言，一句話都講不出來，神情複雜陷入沉默。

她的嘴巴抿成一線，直盯著你。你也抱著胳膊，等待她回答。

一直以來，她都是在有話告訴你的時候出現。

而她的建議從未派不上用場過。就像插起一根旗幟，助你改變現狀。

因此今天，你也覺得該聽聽她的意見。

「……我想，大概不會發生你所期望的好事。」

不久後，她喃喃說道，語氣聽起來有那麼一絲疲憊。

「人類沒那麼聰明，自以為聰明的人只會鬧事。搞不好沒救了喔？」

嗯，就是那樣吧。面對她試探性的視線，你乾脆地表示肯定。

人類就是那樣。沒什麼了不起，卻並非毫無用處。就是那樣。

不能把他們全歸類在其中一方。雖然很多人傾向從一個極端走向另一個極端。

所以，你說，目前，你打算把自己能做的事做好。

盡己所能，不行的話到時再說。

你完全沒有把責任推卸到其他人身上的意思，話雖如此，就算世界滅亡，錯也不在自己身上。

像熄火的灰燼一樣冒著煙，只會於第一間墓室及地上來回的冒險者。

朝連是否存在都無法確定的最下層的「死」埋頭猛衝的你。

差不了多少。要說有差距的話，唯有存在於你心中的自我滿足吧。

就是那樣。你又說了一次，聳聳肩膀。這樣就足夠了。

「——」

情報販子目瞪口呆。

像驚訝，也像在注視耀眼的存在。

她在外套底下的黑影中露出花一般的笑容，吐氣。

「那麼，看來阻止你也沒用囉。」

似乎是的。你心想「我講得還真輕鬆」，一面回答。

「那你去交易神的寺院看看吧。」

寺院？你回問道，她則輕聲重複一遍。

「沒錯，寺院。這種時候，不是該跟神明也拜託一下嗎？」

畢竟援手再多都不嫌多。經她這麼一說，確實如此。

而且，也該再去見那位修女一面。這搞不好是最後一次機會。

「……對呀。這樣比較好。」

情報販子沉默了一瞬間，接著說道，從你旁邊跑過去。

兩步、三步。她踏著跳舞般的步伐轉過身，外套於空中飄揚。

「交易神是邂逅與旅行的神明。你就悠閒地慢慢走來吧。」

然後，她隨風離去。只留下淡淡的香氣。

你茫然仰望城塞都市的天空。

被切割出一塊的天空依舊遠不可及，但比剛才近了些。
是天空掉下來了，還是你飄上天了？
你胡思亂想著，悠閒地向前邁步。
時間所剩無幾，此乃理所當然之事，沒什麼好擔心的。
時局雖然動盪不安，享受緩慢的步調並非壞事。
活著是自由的。因為在邂逅「死」之前，都能隨心所欲。

§

如今，城塞都市的正義的最後一道防線，除了交易神寺院別無他選。
難民蜂擁而至，還有財物被難民搶走的人們。
接納那些人，排除以守護、憐憫等無償的善意為擋箭牌的掠奪者。
當然，尋求庇護之人也必須付出代價。既然受到了幫助，理應要出力回報。
人們以笨拙的動作打掃、煮飯，連這都做不來的人則分頭去做自己力所能及之事。
跟財物一樣，善意也會在人們之間循環，如同舒適的風。
——然而，這也是有極限的。

善意不會憑空冒出，而是源自於人心。

而人心經常需要靠物質來滿足，現在物質即將匱乏。

再過不久，這一切都會崩潰吧。

不過，侍奉交易神的神官正在東奔西跑，完全不會讓人感覺到這個跡象。

他們帶著彷彿在神明跟前祈禱的表情，面對那些信徒。

你走在通往寺院的漫長階梯上，仔細觀察這副情景。

所有人都勉強撐在原地。離懸崖只差一步。驚險歸驚險，卻是偉大的一步。

努力站穩腳步的人們的努力，維持著現在的秩序。

難民排成一排，好向那些人尋求協助，你默默從旁邊爬上去。

抬頭看見的不是有龍棲息的山峰，而是賑災餐的炊煙。

山下融化的大地並非無限，炊煙遲早會中斷。

不過，目前還能作為一個路標。

你爬上階梯。每跨上一階，身後便傳來藏不住的鐵靴的金屬碰撞聲。

向前。聲音傳來。跳過一階。聲音也跟著跳過一階。停下腳步。聲音戛然而止。

——好了。

事已至此，再繼續佯裝不知，實在很刻意。

你想了一下，最後決定不多加思考，開門見山地問。

要一起爬到寺院嗎？

高亢的金屬碰撞聲於後方響起。你停下腳步，耐心等待。

「…………」

提心吊膽的腳步聲來到身旁，以代替回答。

你瞄向旁邊——黑暗、烏黑的髮絲，於你的肩膀下方搖晃。

——我應該有拜託妳留在旅館看守。

你盡量讓這句話聽起來沒有責備的意思，她卻仍然嚇得肩膀一顫。

失敗了嗎？你搔著下巴，努力用平靜的語氣問她有沒有知會過其他人。

「…………嗯。」

女戰士點點頭。動作雖小，她確實點了頭。

她將斷掉的槍柄抱在豐滿的胸部前。

不知情的人八成會覺得這只是把壞掉的武器，但你可不會不懂它的意義。

走吧。你對她說道，爬上樓梯。鐵靴的金屬釦具於旁邊奏響遲疑的腳步聲。

你和她爬著樓梯，仍舊一語不發。

不時會跟一臉茫然地走下樓梯的冒險者擦身而過。

或是被抱著同伴，著急地衝上樓梯的冒險者追過。

正在排隊領賑災餐的難民本想開口抱怨，被他們的氣勢嚇到閉上嘴巴。

與「死」相伴的冒險者來到了寺院，怎麼能妨礙他們。

無論城塞都市外面的情況如何，在迷宮發生的事都不會有任何變化。

——包含自己在內。

「…………？」

女戰士的視線使你察覺到，不知為何，一想到這件事，你就會忍不住笑出來。

她疑惑地看著你，你搖頭表示沒什麼，吐氣。

「……還是，」

就在這時，女戰士輕聲說道。

「……要去嗎？」

去哪裡？既然是冒險者，這還需要問嗎？

你還沒回答，停下來的她就抓住你的袖子，用力握緊。

在矮一階的位置抬頭凝視你的藍紫色瞳眸泛著淚光，淚水彷彿隨時會奪眶而出。

「說不定，會死喔……？」

嗯，是啊。你毫不猶豫，乾脆地回答。十之八九會死。

「那……！」

不過，人終究會死。

無論是何人，無論是何物。自己也是，那傢伙也是。

沒有任何差異。

懂得耍小聰明的人，大概會講一堆冠冕堂皇的理由，捏造免於戰鬥的藉口。

然後擺出一副智慧過人的模樣嘲笑你。

跟你以前看見在地下迷宮一樓徘徊的冒險者時一樣。

然而，如今你心中已經沒有那樣的負面想法。

或許是因為每朝每夕都要面對今天搞不好會死、明天搞不好會死的事實，堅定了與死相對的覺悟。

不可思議的是——事到如今，你的心境依然平穩無波。

在地下一樓徘徊也好，挑戰地下迷宮的最深處也罷，什麼都沒有改變。

向「死」宣戰。從頭到尾都沒有改變。

戰鬥、殺敵、勝利、存活、前進。或者前往編號十四，如同棺材的釘子般迎接死亡。

就這麼簡單。

你是無垢的刀刃。

指向敵人的白刃。

熊熊燃燒的燈火（Spark）。

因此，你說，你希望她一起來，卻開不了這個口。

「……」

女戰士緊咬下唇，瞇起水汪汪的眼睛瞪著你。

只要你開口要求她一起來，她一定會嘴上抱怨個幾句，最後還是願意同行。

她想聽見的肯定是那句話。你知道。你很清楚。

但那是不行的。那是你給她的理由，不是發自她的內心之物。

從出身到名字都被奪走，被迫成為冒險者。

因為家人及朋友要挑戰迷宮，才跟著一起去。

為了拯救失去的姊姊，便以「死」為目標。

如今通通沒了意義。她沒有任何去冒險的理由。

只要拿出至今以來取得的金銀財寶，想從現在的身分下得到解放，應該很容易。

姊姊不可能復活。充滿迷宮深處的，只有醜陋的「死」。

她挑戰迷宮的理由，一個都找不到。

「因為，大家……」

要去。嗯，我想也是。你笑了。

女主教肯定會跟你一樣，握緊天秤劍站起來。

她擁有天生的使命。要為何而生、為何而死，心中早有定數。

再加上要為朋友報仇雪恨，她不可能放棄挑戰「死」。

跟她是鑑定師的時候並無二異。

堂姊也是。那個人把你當成弟弟，對你百般照顧，原本就是個善良之人。

現在，你們知道那個黑衣男濫用魔法，將「死」散布至各處，是侵蝕世界的元凶。

她一定會覺得自己有辦法做些什麼，自己必須做些什麼。

至於半森人斥候，他確實輕浮、膽小、滑稽。

但你知道，他一直在與寶箱戰鬥。背負著團隊（Party）命運的孤獨戰鬥。

無法依靠任何人，一路獲勝至今的他，是個勇敢堅強的冒險者。

正如他經常掛在嘴邊的那句話，為了砍下迷宮之主的首級，他一定會加入。

不管目的是財富或名聲，只要會挑戰迷宮，就是冒險者。

蟲人僧侶——是怎麼想的呢？

他是整個團隊（Party）中最為神祕的男人，不如說不知道他在想什麼。

然而，他同時也是個可靠的男人，此乃明確的事實。

他總是嘴上說著沒有意見，卻從未缺席危險的探索。

這次想必也是如此。他會說著「我都可以」，前往最下層。

不曉得是信仰還是蟲人特有的思考模式所致，他的決定一向很明確。

無論理由為何——對你來說都一樣。

然後是。

——妳打算怎麼做？

「我……」

女戰士答不出來。

她雙手抱緊槍柄，仰望著你的視線移向腳邊。

被拋下的孩子。被人說「不快一點的話，就要把妳留在這裡囉」的少女。

當然——她應該會因為大家都要去的關係，跟著潛入迷宮。

也會與怪物戰鬥。雖然對黏菌(Slime)——不對，是對「死」心生畏懼，還是會站穩腳步。

然而，這樣是不行的。大概是不行的。

這樣的話，死去的時候肯定無法接受。她也是——你自己也是。

「……你也是？」

沒錯。

身為團隊的頭目(Party Leader)，你背負著所有人的性命。

若有人送命，你會覺得自己有責任。不能用「這也是無可奈何」一語帶過。

即使是宿命或偶然的骰子造成的結果，你也會覺得是自己害的吧。

不過。

就算這樣。

就算這樣，死也是結果。

夥伴用自己的方式冒險，最後帶來的結果。

覺得自己有責任，是你自己的想法。你自己的冒險。

夥伴在冒險的最後失去性命的結果不會改變。

不管冒險的結局如何，也只能接受。誰都無法否定。

假如並非如此……假如那不是冒險。

假如她只是陪你一起去的，只要你叫她不要來，她就不會丟掉這條命。

你實在無法接受。

因此你對她說。

若妳要去地下迷宮，要挑戰世上最為幽深的迷宮最深處的「死」。

希望那是妳為了自己，憑藉自身的意志選擇的冒險。

「我……」

藍紫色的雙眸淚光一閃，眼淚奪眶而出。流向後方。

鐵靴踩著不穩的步伐，卻伴隨堅定的意志，向前。

「我想，跟你……在一起……」

這一步幾乎是撲過來的。

倒向你的胸膛，彷彿要抓住你，竭盡全力，向前的一步。

她似乎不知道其他向你傾訴不希望你死去的方法，哭了出來。

「這樣……不行，嗎……！」

路上的行人紛紛停下腳步，好奇地觀察發生了什麼事，你毫不放在心上。

因為，你只顧著握住在你懷裡啜泣的少女的肩膀，輕輕撫摸她的頭。

——逼妳說出這種話。

並非我的用意。

你不知道該怎麼回答，困惑地——絕對不是困擾——仰望天空。

奇妙的是，或者說，理所當然的是，天空蔚藍一片。

無論棋盤上發生什麼，天空的藍都不會改變，太陽、雙月及繁星想必還是會照常升起、落下。

不對——天空是藍色這個觀念，未免太過狹隘。

天空不只是藍色。還會變紅、變紫，也會染上黯淡、漆黑、豔麗的暗色。

她來找你，你們有一搭沒一搭地聊著天的時候，天空總是籠罩著一層夜幕。

是因為街燈嗎？不知為何，天空給你一種深紫色的印象。她的髮色。

你呼出一口氣。隔著手掌感覺得到，少女嚇得身體一顫。

眼前的天空碰巧是藍色。彷彿在祝福什麼，風吹得風車喀啦作響。

——怎麼會不行。

你說，怎麼會不行呢。

既然她如此期望、如此決定，那就是她的冒險。你不會多說什麼。

女戰士聽了低下頭，搓揉眼角，靜靜抬起臉。

「……討厭。」

細不可聞的咕噥聲，僵硬的微笑，藍紫色的眸子直盯著你。

「竟然讓我講出這麼難為情的話……你要是不負起責任，休想我原諒你喔？」

在掌管商業及契約的交易神面前逼人做出承諾，未免太可怕了。

她低聲罵了句「笨蛋」，用手肘輕戳你的側腹，牽起你的手。

你哈哈大笑，然後爬上樓梯。一步一步，穩紮穩打地。

你們爬上漫長的階梯，朝頂端的寺院邁進，黑影突然從上方罩下。

「……請問，你們在神明面前做什麼？」

真是的。虔誠的信徒似乎是跑過來的，她一邊用手梳理亂掉的頭髮，一邊瞪著你們。

§

「事情我大致上明白了，可是兩位剛才害我那麼著急，是不是該表示一些心意呢？」

修女將你們帶到禮拜堂，帶頭走向祭壇，語氣嚴厲地說。

是「害我白擔心一場」的意思囉？不過，你沒打算把這句話說出口。

雖說是交易神的寺院——仍然免不了受到從街上湧入的混沌的影響。

石造建築物之中，到處都有人蹲在地上，痛得呻吟，餓得嘆氣，傾吐失去家人的痛苦。

把這裡視為最後的希望的人，也絕對不少。

從迷宮回來的冒險者，在這裡也不會跟難民起衝突吧。

——不對。

只要是捐獻善款，尋求救贖之人，在交易人面前人人平等。

你認為這很偉大，也很厲害。

在探索迷宮的過程中，你也有好幾次險些迷失心智。

修女驕傲地挺起形狀姣好的胸部，看來她的信仰心連半分動搖都沒有。

「那麼，兩位有何貴幹？」

「……想請妳。」

你讓身旁的女戰士自己支支吾吾地表明來意，因為這不是該由你來說的事。

作為替代，你任憑她以會痛的力道握緊你的手。

「……幫忙埋葬，姊姊他們。」

「……」修女眨了幾下眼。「這樣好嗎？」

「不好……可是。」

女戰士帶著複雜的表情，用沒跟你牽在一起的那隻手撫摸槍柄。

妳忽然想到躺在草庵裡的瘦弱女子。

外表毫無變化，看似隨時會站起來，卻沒有生命。

既然如此，已經可以說是無生命體了，但那東西從世上消失，你覺得很寂寞。

更重要的是，少了她世界仍舊照常轉動，這種話你實在講不出口。

數年過後，應該就會消失得不留痕跡。

事實上就是如此。

你不知道埋葬師父是對是錯。

是不是該把骨頭——師父的故鄉好像有這樣的習俗——留在手邊？

埋起來，請當地的神殿幫忙祭拜，獨自踏上旅程，真的是正確的嗎？

你偶爾會思考起這個問題。沒錯，如同此時此刻。

「……可是……我覺得……必須道別了。」

然而，女戰士似乎於此時此刻得出了答案……就算之後會後悔。

要跟姊姊和過去的同伴道別。揮別對「死」與「生」的留戀，繼續前進。

修女承受住她脆弱、無神，卻還是向著前方的視線。

「……是嗎？」

她的語氣十分冷淡。要怎麼理解都可以。

那近乎絕對零度的目光，卻透露出與溫度相反的一絲溫柔……

「善款有準備好吧？那麼，請跟我來。」

——好吧，或許只是你想太多了。

「……嗯。」

女戰士輕聲呢喃，依依不捨地放開你的手。

你目送她在修女的引導下，走向禮拜堂深處。

若她牽著你的手，你應該會跟她一起去。但她並沒有這麼做。

於是，你決定待在禮拜堂，混進其他冒險者中等她。

有時想和人分享，有時需要他人的扶持，有時想獨自承受。

現在她託付給你的是等待，你沒有意見。

你在一團混亂，卻仍舊維持著莊嚴的靜謐氛圍的禮拜堂，仰望高掛在牆上的交易神聖印。

這麼說來──

你似乎從來沒有在白天於此處待得這麼久過。

最久的時候，大概是你在生死關頭徘徊的那一夜。

你無自覺地撫摸脖子上的傷痕，望向風車形狀的交易神聖印。

祈禱──你不懂這個行為。

覺得只要祈禱願望就會實現才去祈禱，是多麼不純啊。

而你同時也在想，明知自己懷著不純的動機，還跑去向神明祈禱，神明會不會認同這乾脆的態度？

若祈禱沒能傳達到天上，你一定會罵神明是廢物、邪惡的存在、幕後黑手。

哎呀，人類真是渺小、自我中心又傲慢的生物。

因此，你沒有祈禱。

你只是模糊地想像至今以來走過的每一步，以及前方的道路，盡力向神明報告。

不忘輕鬆地補上一句「有空的話希望可以幫個忙」。

反正都要拜託人家幫忙了，不掩飾本意，直接講清楚即可。

求神保佑，求神保佑。求了也不會有壞處。因為援手再多都不嫌多。
你閉上眼睛，思考許多事。傳達。託付。然後緩緩睜開眼。
視線前方依然是象徵交易神的風車。
哎，沒辦法。
四方世界有多少冒險者在跟交易神祈禱、求助啊。
總不可能只注意到你一個人。
只要在緊要關頭時，稍微提供一些你所想像不到的幫助，這樣就很好了。
你從錢包裡抓出一些硬幣，供奉到交易神的祭壇上。
不能無償拜託別人，這也是你來到這座城市後學會的——
「值得稱讚。」
「……」
在你做這些事的時候，好像過了不少時間。
修女不知何時回來了，在背後冷冷看著你。
她旁邊是小聲吸著鼻子的女戰士。槍柄不在手中。
——好了嗎？
「不好……」
她用跟剛才類似的話語回答你的問題，搖搖頭。

黑髮靜靜飄揚，於空中散開，再落回原位。她微笑著說：

「……但我就當成這是件好事吧。」

是嗎？你簡短回答。可是，還有問題要處理。

「咦……？」

女戰士不安地睜大眼睛，你神情嚴肅——是真的很嚴肅——告訴她，沒有武器。

「啊……這、這樣呀。說得也是。」

討厭。她像在鬧脾氣般嘀咕道，不過，這可是個大問題。

需要與女戰士的技術相符，又能應付迷宮最深處的戰鬥的武器。

儘管你事先委託了武器店店長，你不認為會來得及。

萬一真的找不到，是不是該把古劍之類的武器改造成長卷用——

「我先確認一下。」

細微的清嗓聲。修女歪過頭，如同在跟人閒話家常。

「你們又要進入迷宮……沒錯吧？」

對。你打從心底覺得這不算什麼，輕描淡寫地回答。

經她這麼一說，沒錯。

你早在很久以前，就決定要前往迷宮的最深處，彷彿理所當然。

至於原因為何，說不定是在來到這座城塞都市的時候，就早已下定決心。
抑或是在探索迷宮的過程中，感覺麻痺了。
然而，昨天和今天不會突然發生變化，這也是事實。
有未知的領域、未知的威脅、未知的怪物，深處有迷宮之主。
該做的事沒有變化。
聽見你的回答，修女閉上眼睛，沉默片刻。
「妳也是？」
「……嗯。」
她接著詢問女戰士，女戰士小聲卻明確地回答。
修女嘆了口氣，一副終於死心的態度。
「那麼，請收下。」
修女將用紫色羅紗布包住的細長型物體遞給女戰士。
女戰士提心吊膽地伸出雙手接過。看起來挺輕的。
「……可以看嗎？」
「嗯，不然我也不會交給妳。」
拆開來一看，底下的東西是——
「木……槍……？」

沒錯，是一把長槍。從槍尖到石突全是用木頭雕刻、研磨製成，看起來與真槍無異的木槍。

但那確實是一把好槍，甚至足以令女戰士忍不住讚嘆。

「是用硬木(Hardwood)做成的長槍。」修女說道。「受到祝福的橡木槍。」

「受到祝福的……？」

「遠古時代，某位失明的聖人將聖槍授予挑戰暗黑城塞的勇士，這是仿造那把槍而做的。」

原來如此。從這個意義上來說，確實適合給你們這個團隊(Party)的戰士用。

因為你認為，以那位女主教的信仰心，哪一天被喚為聖女都不奇怪。

「當然不是真貨。」

修女補充道，往你身上看過來。

「不過同樣經過聖人的保佑及祝福。應該能成為助力。」

——聖人？

「就是我呀？」

修女面不改色地說，你忍不住笑出來。

原來如此，肯定是把神聖的聖槍。大概不會有比這更好的武器了。

——怎麼樣？

「等我一下……」

女戰士的鐵靴跟以前一樣，在禮拜堂的地面踢了下。

橡木槍呼嘯著揮下，槍尖驅散黑暗，刺向空中。

一眼就看得出女戰士用得很順手，長槍如同生物，隨著她的動作擺動。

彷彿長槍在憑藉自身的意志行動，與女戰士共舞。

聚集於禮拜堂，無力地垂著頭，或是只顧著祈禱的人們，視線全集中在女戰士身上。

女戰士和橡木槍宛如神蹟，存在於此。

即使是出自名匠之手的長槍，也很難找到這麼優秀的武器——

「……嗯，手感——非常好。」

女戰士像在跳舞似地甩著槍，然後吐出一口氣，喃喃說道。

她用雙手將長槍緊抱在豐滿的胸部前。

那個動作跟來到寺院時一樣，卻截然不同。

沒錯，跟剛剛來到寺院的時候比起來。還有，跟很久以前來到寺院的時候比起來。

你忽然想起——不知道是多久之前——第一次跟她在這裡交手時的事。

女戰士當時的動作相當輕盈。

仔細一想，那是沒有打算再回來的銳利步伐導致的。

跟現在的動作比起來——真的截然不同。

「死者不在身邊。『死』也不是該忌諱的存在。」

修女對手拿聖槍的女戰士跟你滔滔不絕地說道。

不，這是對聚集在交易神寺院的眾人所說的神的教誨。

「思緒、心情、生與死，全是會輪迴、循環的東西。」

痛苦、幸福、喜悅、悲傷亦然。死者的心情也是。生者的祈禱也是。

「——因此，妳的身旁會有風。只要妳還在旅行，一定會。」

「……好的。」

女戰士嫣然一笑，你對交易神及修女低下頭。

不感謝他們，又該感謝什麼？

——果然該求神明保佑。

§

「嘿，老大！咱查到咧！」

回到旅館，迎接你的是盤腿坐在柔軟床鋪上的斥候。

聽見他快活的聲音，珍惜地抱著橡木槍的女戰士和你忍不住面面相覷。

「那裡在很久很久以前，不曉得是試煉場還是寶物庫。好像深達十層。」

半森人斥候看你們一臉疑惑，仍然繼續說明。

聽說——聽說的。

「死亡迷宮」，曾經的試煉場，是古代國王建造的選拔士兵用的試煉場。

四樓的房間是舉辦最終試煉的地方，更深處則不得而知。

恐怕是寶物庫或其他重要設施——

「不過更詳細的情報，咱就沒去查哩。也不知道那個黑漆漆的傢伙改造了多少。」

不是查不到，而是沒去查。

比起隨便灌輸先入為主的觀念，懷著要挑戰未知領域的心態更加安全。

你也有同感。但該驚訝的部分不在於此。

他人在旅館，卻不知道用了什麼方法收集迷宮的情報。

是從因為市內一片混亂而逃進旅館的冒險者口中問到的，還是聽前來觀察狀況的近衛說的？

半森人斥候發現你詫異的視線，甩甩手，一副習以為常的模樣。

「這一行有自己的門路啦。」

你嘆氣。這個城市是否也有傳聞中的盜賊組織（Guild）？

——不對，有比這更重要的事。

你要去嗎？

「這個嘛，因為老大要去嘛。」

斥候滿不在乎地笑著回答。

內心的想法被他看穿還真難為情，雖然你本來就沒有特意掩飾。

「大姊好像也有這個打算。咱可不能坐在這邊發呆。」

「這沒什麼吧？」

經他這麼一說，女戰士別過頭，她應該也有同樣的心情。

她突然對你別過頭，颯爽伸出長腿，走向房間裡面。

目的地是豪華客房的角落，默默埋首閱讀魔法書的堂姊——身旁的女主教。

將藍色緞帶拿在手中把玩的她，察覺到女戰士坐到旁邊，抬起臉來。

「……妳……還好嗎？」

「……嗯。」女戰士輕輕點頭。「……妳呢？」

「我——」

你刻意不去聽兩人的對話。

女主教的談話對象不是你。

而且，你知道她是能向前邁進的女孩。

所以你走向魁梧的身軀讓高級椅子顯得有幾分狹窄的蟲人僧侶。

「我都可以。」

雙臂環胸，沉默不語的那個男人晃動觸角，敲了下嘴巴。

哦。你若無其事地坐到蟲人僧侶對面，望向那張看不出表情的臉孔。

你們認識的時間並不短。就算看不出表情，還是猜得到他的情緒。

「聽說王都的情況也很嚴重，出現了吸血鬼之王（Vampire Lord）。」

你點頭表示肯定。那位金剛石騎士並沒有對你下封口令。

意即消息靈通的人，應該早就知道了。

雖然你一點都不想笑嘻嘻地談論，那位死之王真的是字面意義上的死之王。

「死亡大軍（Army of Darkness）、城塞都市的騷動、在迷宮掙錢……多不勝數。」

嗯，正是世界的危機。然後——也有與此無關，為了每天能混一口飯吃而四處奔走的人。

有人想湊出讓夥伴「蘇生（Resurrection）」的費用。有人想養活家人。

想必也會有想品嘗美食、美酒，盡情享樂，輕鬆過活的人。

為此潛入地下迷宮，只帶走財寶，回到地面。

要說他們的行為不如你們的冒險——沒這回事。

拿拯救世界的冒險為由，貶低他人的價值，不可能說得過去。

這樣——不是跟那名年輕魔法戰士的團隊(Party)並無二異嗎？

也跟玩弄他們的那個黑衣男沒什麼兩樣。

正因如此，你很能理解蟲人僧侶這句話。

「都可以。要做什麼都無所謂。這就叫多樣性。」

——少了這些選擇才叫世界滅亡吧。他說。

然而，你聽了刻意裝出凝重的表情。還抱著胳膊沉吟。

看來要前往「死亡迷宮(Dungeon of the Dead)」底部的，只有你們幾個。

「……那就沒辦法了。」

蟲人僧侶敲了下嘴。就你聽來，這一定是他的笑聲。

為了維持多樣性，必須由自己前去。你點頭附和他的意見。

是啊，真的沒辦法。

「我會去喔。」

忽然出聲的，是在房間角落埋頭看書的堂姊。

她沒有從古老的魔法書裡抬起頭，全神貫注，語氣平淡地說。

「別忘記我也會去。」

她要說的僅此而已。

她的意識立刻沉入文字的海洋，再度開始尋找擁有真實力量的話語。

——用不著妳說。

堂姊這麼努力是為了什麼，想都不用想。

因此你只回了一句「知道了」。彼此的理解這樣就夠了。

「我、我也是……！」

所以，你也隱約猜得到女主教會急忙大叫。

那是她從迷宮回來時露出的表情，以及對堂姊的信賴——不方便明言就是了。

堂姊能專注在自己的事情上，是女主教憑藉自身的意志前行的證據。

「……我不得不去。」

女主教握緊藍色緞帶。這個動作，如同在握住心愛友人的手。

瞬間朝向下方的雙眼，筆直凝視著你。

「我就是為此來到這座城市的。」

堅定，斬釘截鐵。女主教說出自身的意志，沒有一絲動搖。

沒有任何理由懷疑她。因為她想當一名英雄。

最後，你望向蹲在女主教旁邊的女戰士。

她手拿橡木槍，抬頭看著你。

「……嗯。」女戰士點頭。微微一笑。「走吧？」

那，你說，就這麼定了。

這六個人——去拯救世界吧。

§

既然決定好了，冒險者動作一向很快。

你們花了一天各自整理好行囊，備齊消耗品、糧食、藥水等物資。

你順便跟武器店店長說了那把槍的事，在道歉的同時領取彎刀。

「我自認成果不錯。」

你先知會了他一聲，將彎刀拔出刀鞘，檢查狀態。

——漂亮。

並沒有煥然一新。依然是你於迷宮中把生死託付在其上的那把愛刀。

也就是保有在接下來的戰鬥中，也足以託付性命的利度的——好刀。

「能否勝利端看使用者……可是，你擁有對方沒有的優勢。」

武器店店長對仔細端詳刀刃的你說。

「就算是『死亡迷宮』的最下層，也找不到優秀的鍛造師或研磨師吧？」

沒錯。嗯，是啊，說得沒錯。

你再次向哈哈大笑的店長道謝，把彎刀掛在腰間。

大小雙刀的重量使你靜下心來——該怎麼說，感覺很踏實。

就該是這樣。

——明明武器的有無不會影響技術。

你想著這些無謂的小事，穿越人潮走在熱鬧的大街上。

旅館前面——有大家在。

他們各自站在那邊，有人在看書，有人無所事事地靠在牆上，等待著你。

看到你的女戰士踢了下橡木槍的石突，將它拿在手中轉了圈。

「真是的，你怎麼那麼慢？」

「我準備好了……！」

女主教雙手握拳，緊抓著天秤劍。堂姊在旁邊挺胸說道：「準備萬全。」

真的嗎？你望向蟲人僧侶，他默默搖晃觸角，表示肯定。

那麼就出發吧。你也點頭回應，率領團隊（Party），前往城塞都市。

街道熱鬧嘈雜依舊，唯有氛圍不同。

人們當成天氣、日常問候掛在嘴邊的，已經不是冒險者的話題，而是世界危機。

與財寶一同循環的活力消失殆盡，兩眼無神的難民憂鬱地垂著頭蹲在路旁。

那些人和冒險者爭執、怒吼、吶喊。每當聽見這些聲音，女主教就會抬起臉。她在意得頻頻望向那邊，緊咬下唇，走向前方。

沒錯。此時此地，不管是流浪漢還是哥布林，都不構成問題。

因為若不拯救世界的危機，一切都會結束。

話雖如此——這搞不好會是你們最後看見的城市景色，還真是可惜。

這座城市並沒有重要到哪去。

要說回憶的話，也只是一年不到的時間吧。

就算這樣，你們可是每天都在走這條路前往迷宮。

然後每天走這條路回到旅館。

這段時間累積起來的日常，如今徹底消失，被人奪去。

會感到寂寞，肯定十分正常。

不僅限於街道。

經過「黃金騎士亭」前面的時候，那裡用圓桌及椅子蓋了壁壘。

肯定有人會為了糧食、金銀財寶、女人蜂擁而至。

拿酒錢當報酬的冒險者負責擔任警衛，坐在屋簷下監視行人。

旁邊是明明沒什麼意義，卻將掃把拿在手中當武器的獸人女侍。

看到你們幾個，她的兔耳用力一晃。

「各位要去冒險嗎⁉」

即使不是客人，她似乎還是記得和她已經是熟人的你們。

「對啊！」半森人斥候率先回答。「今天要去最底層！」

「哇！是場大冒險耶‼」

女侍「啪」一聲拍了下肉球。

她露出完美的微笑，用力對你們揮手大叫：

「路上小心！回來後請再來喝酒！」

我會先準備好的。你們可沒遲鈍到聽不懂這句話的意思。

你輕輕抬手回應，邁步而出。

背後傳來其他成員各自跟「黃金騎士亭」的女侍道別的聲音。

腳步輕盈。

朝在市外張開大嘴的迷宮入口前進，僅存的日常痕跡。

其中之一是站在入口旁邊看守的那名女性近衛騎士。

「喔，來啦！」

她跟平常一樣爽朗地跟你打招呼，臉上卻帶著明顯的疲態。

這也沒辦法。

捍衛治安的人必須經常維持在萬全的狀態下，也要注意休息，這才叫常識。

前提是有來自後方的支援。或者在休息兩字前面加上「盡可能」也行。

而在這個狀況下，不會有來自城塞都市外面的支援，「盡可能休息」的結果就是這副狼狽樣。

你說了句「辛苦妳了」，發自內心稱讚她的辛勞，確認她的妹妹是否平安。

「託你的福。」

近衛騎士臉上浮現疲憊的笑容。

「要平安歸來喔。要是你們不回來，我怎麼跟我妹解釋？」

意思是，那名少女也在為你們打氣，對你們心懷期待囉？真是重大的責任。

「沒錯。」近衛騎士一本正經地說。「冒險者都是這樣喔？」

「……我們會加油的。」

女主教也一本正經地點頭回答。

有自作聰明的人說，派軍隊進去不就得了？

有自以為是的人說，何不用更安全一點的方法賺錢？

也會有嘲笑冒險者愚蠢的人吧。

不過，可是，並非如此。

有些事只有冒險者做得到。有些事非得由冒險者去做。有些事只有冒險者知道。

就算是為了賺錢、為了邁向更高處、為了復仇、為了以世界為目標，都不會改變。

那就是冒險。

而且——

你在踏進黑暗的迷宮前回過頭，看著眼前的景色。

風從城塞都市吹來。風車轉動的喀啦聲傳入耳中。傳到你身邊。

即使會死在黑暗中，光是有人目送你離開，以赴死的旅程來說著實是優良的待遇。

身為冒險者，不該奢求更多。

§

地下迷宮的黑暗與覆蓋四方世界的混沌無關，照常迎接你們。

初次踏進時的緊張感令人懷念，事到如今，這種感覺竟能使你感到放心，真是奇妙。

棲息在迷宮中的那群寒酸男的心情，你也不是不能理解。

「那麼……」女主教的聲音將你拉回現實。「……去升降機那邊吧。」

嗯。你輕輕點頭，率領排好隊形的團隊(Party)，朝暗黑領域的深處前進。

除了有必要的對話外，你們再無交談。

明明只是再走一次前幾天剛走過的道路，感覺起來卻異常漫長，是為什麼呢？

你在緊張——這很正常。你認為這種傾向不太好。

緊張並不會特別幫助實力提升。理所當然。

不能表現得跟平常一樣，要如何發揮原本的力量？

你在黑暗中思考該說些什麼、該如何開口——

「到哩，老大。」

半森人斥候的報告，導致你錯失時機。

跟那個時候一樣，中央有條直線的雙開門擋在面前。

你摸索著尋找開關，用力按下。門開了。

——走吧。用不著你催促，冒險者們便一個個走進升降機。

你又按了一次按鈕，箱子沉向災禍中心所在的地下四樓。

有種往地獄深淵墜落的飄浮感。

數小時——數分鐘，抑或數日——不見的夥伴們，臉色看起來有點蒼白。

但願是照亮升降機內部的神祕魔法燈所致。

「……咻，咚。」

她忽然輕聲呢喃。之前也說過這句話。

你錯愕地看過去，她輕笑著瞥了你一眼。

「怎麼了？會怕嗎？」

你假裝沒發現她僵硬的表情，聳肩回答「這還用說」。

你害她為你操心了，你不想糟蹋她的心意。更重要的是，你很感激。

「不管下面有什麼東西，咱們都會是第一個知道的……」

『哎呀，意思是我們是第一名囉！』

——平常理應會這麼說的堂姊，沒有出聲。

你偷偷觀察在升降機昏暗的光芒底下的她，她似乎在認真沉思。

她在想事情。你不會不明白這個意思。因此，你代替她這麼說。

換個角度想，不就代表我們是第一名嗎？

「也就是說，咱們可以獨占寶箱裡面的東西囉！」

「不過，我們可沒那個時間探索。」

半森人斥候輕浮地開了個玩笑，蟲人僧侶插嘴說道。

「我都可以就是了……」

他之後想說的話，你不得而知。

因為升降機隨著沉悶的咚一聲停了下來。然後，門往兩旁打開。

眼前的景色——果然跟前幾天一樣。

直線的通道，盡頭是狀似祭壇的異樣石階。

刻在地上的圖案已經發黑，描繪出不對稱的線條延伸至祭壇。

明顯是源於魔法的微光亮起，照亮了那東西。

正是迷宮的心臟，災禍的中心（Heart of Maelstrom）。

以及——高高積在地上的灰燼，和失去主人、掉在地上的數把武器。

跟你們從這裡撤退的時候比起來，一點變化都沒有。

「…………！」

首先飛奔而出的，是金髮於你眼前飄揚的少女。

在升降機裡面始終沉默不語的女主教，比任何人都還要早衝出去，跪在墓室中。

你猶豫該不該呼喚她，在你踏出一步時——

「沒事的。」

女戰士伸出橡木槍，用槍柄擋住你的腳。

她帶著跟輕鬆語氣不符的嚴肅表情，注視女主教的背影，輕聲說道。

「——對不對？」

「……是的。」

女主教點了下頭，靜靜起身。

她小心翼翼，以免踩到散落一地的灰——曾經的友人。

用天秤劍撐著身體站起來的她，眼帶底下的雙眼筆直望向盡頭的門。

「我，」她同樣小聲地說。「……不得不去。」

你也看著那裡。

重新注視黑衣男跳進的黑暗，會發現那裡似乎也是升降機。

雙開式的門深處，有個棺材般的箱子在等待你們。

——棺材嗎？

閃過腦海的詞彙，使你不禁苦笑。

死在這底下等著你。在那之前就踏進棺材，順序是不是反過來了？

女戰士像在吐氣似的，於你耳邊呢喃。

「咻，咚。」

都第三次了。這次換成女戰士聳聳肩膀，別過頭。

你輕拍她的肩膀，環視眾人，然後開口。

——走吧。

穿過升降機的門，尋找按鈕。四、五、六、七、八，最後是九。

確認同伴都進來後，你用力按下「九」的按鈕。

接著，你們再度朝深淵的底部墜落——

§

——然而。

做好覺悟踏進的地下九樓，跟前面的迷宮沒有差別，潑了你一桶冷水。

只靠輪廓線構築的世界，描繪出你們兩側的門扉，以及彎曲的道路。

僅此而已。昏暗卻亮著微光，瀰漫妖氣——連冰冷的空氣都一模一樣。

和你熟悉的地下迷宮並無二異。

這讓你稍微平靜了些。

「看來不會突然有什麼東西冒出來。」

蟲人僧侶從比你的肩膀高的位置探出頭，自言自語。

他已經拔出蠻刀，戒心十足的樣子。

可是，應該要先拜託斥候觀察敵情。你拍拍半森人斥候的肩膀。

「呃，叫咱先走嗎!?」

「那就是你的工作吧？」

呵呵。女戰士微笑著說，斥候「唉唷……！」哀了聲，緩緩走下升降機。

第一步腳下的地面，似乎不會下陷或爆炸。

他就這樣靜靜前進數步，朝這邊揮手，表示沒有問題。

「……地上啥都沒，前面倒是有東西。」

「什麼東西？」女戰士拿起橡木槍。「……怪物嗎？」

只要不是哥布林、黏菌之流就好。

你非常嚴肅，女戰士卻瞟了你一眼，然後立刻面向前方。

沒錯，因為你是認真這麼覺得，而非平常的玩笑話。

你想避免為無謂的戰鬥消耗體力，會嚇到兩位同伴的敵人敬謝不敏。

「……我不認為這裡是最下層。」

在羊皮紙上繪製地圖的女主教，停下手說道。

「無論如何都得前進……」

這還用說。

你檢查刀柄上的釘子，確認其他人的裝備，慢慢朝地下九樓邁出步伐。

儘管不是墓室，還是很有可能遭遇徘徊的怪物。

而半森人斥候在前方發現的某物，極可能是怪物或陷阱。

這裡可是惡名昭彰的「死亡迷宮」最底層的前方。

拉近距離後，你看出不明物體是黏在牆上的白色東西。

但——那個畫面實在太過駭人。

泛白的女性上半身，身上貼著如同破布的裝備。

埋在牆壁裡的那東西，是只能用這句話形容的，冒險者的慘狀。

骯髒、遍體鱗傷，肌膚卻依然帶有血色，甚至感覺得到些微的溫度。

身體在微微抽搐，可見還有呼吸。那東西還活著，該有多麼可怕啊。

倘若只有她一個——不對，光這樣就已經是異常的景象，不過……

除了她以外，還有其他人。

還有把手伸出來的人，只看得見腳的，或是只有頭髮的，也有露出半張臉的人。

他們全是冒險者，通通被埋在石牆裡面。

「還、」女戰士聲音拔尖。「還活著嗎……？這些人……？」

「……身體還活著。」

女主教語氣複雜。沒錯，身體還活著。那麼心靈呢？靈魂呢？

活生生地被限制行動，五感也遭到封印，關在牆中，不曉得過了多久的時間。

是否被怪物蹂躪了？還是連那個機會都沒有？你不知道。

總而言之——**他們在石頭裡**。

精神崩潰，燈火熄滅，化為燃燒殆盡的灰，失去靈魂。肯定是這樣沒錯。

即使把他們從牆裡挖出來，也救不了他們和她們。

因為這些冒險者的冒險，早已到此結束。

「……次元扭曲了。」

給予答案的，是剛才一句話都沒說，始終在沉思的你的堂姊。

她對石中的冒險者，投以參雜心痛、畏懼，以及好奇的目光。

「從看到四樓那個房間的時候，我就一直在思考、調查……」

確實如此。大概是從在之前的探索過程中，遇到夢魔的那時候開始。

活在夢中的異次元生物，出現了足以在物質界成形的強大個體。

你以為純粹是因為你們來到了迷宮深處——

假如地下四樓的祭壇正是這座迷宮的心臟。

的確，堂姊從中掌握某種情報也不奇怪。

「『轉移（Gate）』陷阱的傳聞。失傳的禁咒。我卻從來沒聽說過有人中了陷阱。難怪……」

堂姊的嘀咕聲被虛空吞沒，消失不見。

變成這個樣子，連用來講話的嘴巴都沒有。

冒險者團隊（Party）突然消失。消失得無影無蹤。不留一絲痕跡。

因此才會傳出迷宮內部有「轉移」陷阱的傳聞。那麼，他們被傳送到了哪裡呢？

——就是這裡嗎？

你不經意地看著手握短劍，朝這裡伸出的手臂，喃喃說道。

是女人的手臂嗎？還是森人(Elf)男性也會有如此纖細的手臂？你無法分辨。

假設你們在這裡全滅，下一批來到此處的冒險者，八成會有同樣的感受。

僅僅是屍體，也不會回應。

「小心點，不曉得會出現什麼。」

你對堂姊點頭，調整了一次呼吸後，發號施令。

為了找出從地下九樓繼續前進的樓梯或升降機，你們必須邁向深處。

你、女戰士、半森人斥候在前，堂姊、女主教、蟲人僧侶在後。

你們列隊朝「死亡迷宮」的深處前進。

走過蜿蜒的道路，踹破盡頭的門，衝進墓室。

感覺不到敵人的氣息，也看不見敵人的影子。發現更深處的門，向前，向前。

可是，你真該認真思考「次元扭曲」一詞的意思。

你們將親身體會到，自己踏進了什麼地方。

巨影佇立於墓室中。

藍黑色的那東西沒有皮膚，是彷彿直接將強韌的肌纖維凝聚成人形的異形。

不對，那絕對不是在仿造人類。純粹是對他們來說，那樣的形狀更加適合殺戮。

扭曲的角。巨大的爪。銳利的牙。散發凶光的眼眸。沒有感情，只帶著殺意的視線。

那東西全身籠罩不祥的臭味及寒氣，絕非你們所在的次元該有的存在。

「上……上級魔神（Greater Demon）……!?」

面對成群的威脅，近似悲鳴的聲音從堂姊口中冒出。

沒錯，這裡已經不是人界。

——而是絕命異次元（Dead Space）。

§

「GURRRRRR……!」

巨大怪物像在計算你們的價值般俯視你們。

眼中明顯亮著智慧的光芒，卻燃燒著人類無法理解的理性之火。

魔神。從不同於人界的次元顯現，四方世界最危險的怪物之一。

最根本的生存法則就不一樣了，不可能相互理解。

不，唯有一點是你們冒險者和魔神的共識。

一旦相遇——不殺掉對方，就會被殺。

「有幾隻……!?」

「不知道！」

女戰士、半森人斥候接連吶喊。

「在黑暗中動來動去的咧……！」

「大家小心，還有其他東西……！」

女主教的警告前半自不用說，後半倒是重點。

你朝彎刀的刀柄吐了口唾液，用手掌抹開，擺好架勢與墓室的威脅對峙。

這群藍黑色魔神，在你看來跟巨人一樣。

聳立於眼前的威容，怎麼看都在反映敵我的實力差距。

你當然知道上級魔神是什麼樣的存在。

力量不及無人不知無人不曉的可怕魔神——有名字的魔神（Arch Demon）。

話雖如此，絕對沒有比較弱。意即跟冒險者一樣。

尚未立下聞名世界的功績，遲早會有這一天的英雄人選。

兩者之間並無實力差距。單純是機運的問題。

話雖如此，機運說不定就是那決定性的差異——

「那些傢伙應該會呼喚同夥！」

蟲人僧侶從背後對你吶喊。同夥。原來如此。那還真棘手。

「無論如何，不快點解決，之後就麻煩了……！」

幾乎在同一時間，你大叫著應聲，敵人也採取行動。

「SHUUUUUUU……!!」

那不是魔神，是從魔神腳邊飛撲而來的不明存在。

你拔出彎刀，砍飛怪物的利爪，刀刃陷進他的頭蓋骨。

刀刃伴隨柔軟的觸感切斷頭骨及腦髓，糾纏在其上的——是灰。

襲擊你的怪物就這樣變成灰燼，從頭盔上方灑下。

最後，尖銳的犬齒掉在你腳邊彈起來，化為灰燼崩解。

——是吸血鬼（Vampire）!!

「不對，還沒抵達那個境界！是夜鬼（Night Stalker）！」

「『解咒（Dispel）』——不，還是要封印那群魔神的法術？我都可以！」

你對後方的聖職者大吼一聲「交給你們判斷」，投身於戰鬥中。

「DAEMOOOOOONNN……！！！」

身為前衛的你們，任務就是不讓敵人靠近後衛，然而，與你為敵的可是上級魔神。

面對高大的巨軀難以發動攻勢，就往腿部下手吧。

源源不絕的夜鬼相當礙事，不過，千萬不能讓這些龐然大物突破防線。

更重要的是——

「嘿、咻……!!」

有踩著輕快的步伐，往亡者群揮舞橡木槍的女戰士在。

受到祝福的長槍彷彿在獨自起舞，槍尖一閃，將夜鬼一隻隻貫穿！

「啊哈！」很久沒聽見她快活的笑聲。「這把槍好厲害……！」

「殺敵就交給大姊了，咱負責擾亂敵人比較適合！」

斥候舉起雙手的蝴蝶短劍，擋開夜鬼們的攻擊。

他不時靠拳打腳踢打亂敵方的姿勢，將夜鬼群耍得團團轉。

你側目觀察旁邊的戰況，同時並未將注意力從眼前的敵人身上移開。

你雙手握緊彎刀，測量距離，抓準時機殺向前，揮劍。

可惜對上只能依賴身體能力的你，占據優勢的魔神並未輕敵，沒有選擇同樣的戰場。

「DEEEEEEVILLL……！！！」

生活於異界的生物靈活運用的，是恐怖的魔法、咒術。

你首先感覺到的，是彷彿全身被千刀萬剮的劇痛。

魔神咆哮著伸出手掌，銳利如刀刃的冷氣及冰雪隨之侵襲而來。

刺骨的寒意宛如冰雹、冰霰、石塊，砸在你身上，瞬間奪走生命的熱度。

你不再聽見尖銳的聲響，世界變得黑暗又狹窄，即使如此，你依然緊握著彎刀不放。

因為，你的團隊（Party）也有善於魔法之人。

「……！沐西卡（音色）……空奇利歐（接續）……特爾普西柯拉（舞蹈）!!」

上級魔神的雙腳，隨著歌聲、鳥囀般的詠唱，獨自踩著笨拙的步伐（Silly walk）。

「舞蹈（Dance）」的法術。有效果！堂姊露出暢快的笑容。心靈相通。你不會放過這個機會。

你於稍微減弱的暴風雪的縫隙間奔馳，使勁踢擊地面，高高躍起。

你像隻猴子似地跳到空中，目標已經不是腿部。

不管是怎樣的怪物，頭被砍掉都會死——只要有頭的話。

你吆喝著揮下彎刀，先是在上級魔神的肩頭劃出一小道口子。

刀刃在噴出來的藍黑色血液中落下，翻了個面向上揮砍，斬裂喉嚨。

「DAAAAAAAAAEMMMOOONN……！？！？」

巨影發出死前的慘叫，伴隨轟然巨響倒地。先是一隻。

——**先是一隻！**

以上級魔神為對手，還講得出這種話。你不禁為自己熟練的技術苦笑。

「厲害喔……！」

女戰士吹著口哨，踩著舞步刺出橡木槍。

槍尖有如聽從主人命令的獵犬，咬向夜鬼——不對。

是身穿黑衣的蒙面男子，戴著尖頭巾的忍者——忍頭（Master Ninja）！

比過去交手過的虎面忍者更強，以螳螂般的動作砍下頭部的強者。

竟然在與那樣的怪物戰鬥過程中，從迷宮的暗處逼近，實在狠毒。

你感謝女戰士願意將背後交給你保護，繼續與魔神對峙。

這時——

「DAEMOOOOOOONNNN……！！！」

被惹火的上級魔神們，伸出粗如巨木的手臂，再度使你置身於冰雪之中。

聽說，那致命的冷氣源自異次元的第九層，悲嘆之河的源頭。

永久的冰河中，封印著千年前侵襲世界的可恨邪神，恐怖之王。

既然如此，這應該也是次元扭曲的證據——

「唔、呃……嗚嗚……!?」

企圖用冰將墓室封印的暴風雪，當然對後衛也伸出了魔爪。

聽見女主教拚命忍住的悲鳴，你砍向魔神，刀刃卻被堅韌的筋骨彈開。

剛才是運氣好嗎？不，是因為有堂姊的支援。

而那名堂姊正在專心準備下一個法術。既然如此，你該做的事沒有改變。爭取時間。

再說，那女孩可沒有你想像中那麼柔弱。

「喝、啊!!」

「OUURGGGRERRR!?」

與可愛的聲音形成反差的敲擊聲傳來，是呼嘯而過的天秤劍的鍊條。

她冷得牙齒打顫，將力量集中在差點站不住的雙腿上，對夜鬼施加致命一擊。

鮮血及腦漿從碎裂的頭蓋骨溢出，夜鬼化為灰燼，混入風雪中消失。

或許是因為看不見吧，女主教露出嫌惡的表情，拍掉落在身上的灰。

女戰士將槍尖從忍者身上拔出，回頭看了一眼大叫道：

「對不起，不小心漏掉一隻！」

「沒關係！」

敵人的數量多到三名前衛有點應付不來。不能怪她。

負責阻擋魔神的你向眾人下達指示，再次將刀刃砸向巨大的身軀。

集結成束的肌纖維斷裂，藍黑色的異界血液滴落，暴風雪卻依然猛烈。

不，魔神的注意力理應也分散了。這樣就好。你不是獨自戰鬥。

「『執劍之君啊，給予看見所應看見之物、道出所應道出之言者守護的加護』！」

——看，來了！

女主教用蒼白的雙脣朗誦的祈禱，如實傳達給天上的諸神，拯救你們的性命。

神聖的守護帷幕，將暴風雪的嚴寒阻擋在外，你握緊凍僵的手，瞄準目標。

一次、兩次。一刀接著一刀，你朝魔神的巨腕揮刀，在其上刻下傷痕。

沒必要跟剛才一樣打出會心一擊（Critical Hit）。

即使是擦傷，次數一多就能消磨敵人的集中力（Hit Point），創造致命的破綻。

「現在就幫各位治療……！」

「不，請先封印敵人的法術！再來一次就危險了！」

「我們一起上！即使是魔神，只要封住法術理應就會變弱！」

「麻煩了!!」

創造那個破綻的人，不是你也無妨。否則你們又是為何組成團隊（Party）的呢！

在你們挺身阻擋敵人的期間，後排的三人也在拚命戰鬥。

「『我等繞行世界的風之神，尚請為我等消去旅途中的聲音』！」

「『願緘默之光（Light to Remain Silent）照亮汝等』！」

清涼的風、陽光般的神氣（Flare）盈滿墓室，魔神們瞪大眼睛。

要從用法術用得跟呼吸一樣自然的怪物身上奪走法力，該有多麼困難啊。
連對於擁有真實力量的話語略知一二的你，都知道其難度遠遠超出你的想像。
你的團隊（Party）中的兩位聖職者，輕易做到了這件事。
而你的同伴絕非只有那兩個人。
「────!?」
「好！得手啦！」
一陣有顏色的風從墓室的地面滑過，伴隨輕快的吶喊聲。
半森人雙手握著兩把形似蝶翼的短刀。
短刀閃了兩下，藍血便像流星似的，於空中拖出一條長長的尾巴。
兩隻魔神立刻劇烈傾斜。你一開始盯上的雙腳的腳筋被砍斷了。
「太慢、了！」
女戰士一副不會放過這個好機會的態度，柔軟的身體如同拉緊弓弦的弓，高高彈起。
法術遭到封印，身體失去平衡的兩隻魔神，會有那個心思欣賞她的美貌嗎？
橡木槍彷彿在嘲笑語言被奪走的魔神，唱出銳利的破空聲。
其音色成了致命一擊（Critical Hit），貫穿魔神的心臟。
「──!?──!?」

「啊哈哈，我可聽不懂你在說什麼喔？」

藍黑色血液如同噴泉般噴出，碰不到女戰士那張帶著微笑的小臉。

她用鐵靴踹向魔神的胸膛，退到後方，那一腳似乎成了最後一擊，魔神應聲倒地。

剩下，一隻。

你迅速滑向最後一隻魔神，拉近距離。

剛才砍了好幾刀造成的傷害，並非無謂的攻擊。

你確實看清了肌肉的紋理。看來就算是異界的魔物，骨肉的構造也沒有差異。

為了沿著愛刀指引的那條路線劃過，你立起刀，手臂揮下。

先是壓低身子，再向被風吹起的野火般由下往上砍，扶著刀柄一扭。

順著旋轉的刀刃踏出第二步，用力揮下。

咻。有手感。跟砍斷稻草捲一樣。魔神的兩隻手臂從肘尖處斷成兩半。

只要瞄準好目標，俐落地砍下去，那把刀骨與肉都切得斷。

「————!?」

魔神立刻無聲地大吼，用力揮動長度剩下一半的雙臂。

彷彿在進行無差別攻擊的動作雖然拙劣不堪，巨大身軀卻能將暴力轉換成威脅。

你遠離魔神，以免手臂被打斷，或者雙腳被砸爛，重新拿好彎刀，沒有疏於戒備。

可怕的魔神不可能表現得跟沒有理智的怪物一樣。他一定別有意圖。別有意圖——

「他打算呼喚同伴！」

女主教猛然抬頭，大聲傳達那敏銳的感覺感應到了什麼。

你沒有任何理由懷疑她的判斷。

擁有她這等實力的聖職者，你只知道兩個，施法者也只知道兩個。

身為其中一人的蟲人僧侶警戒地敲嘴，堂姊拿起短杖，目光嚴肅。

——次元的歪斜嗎？

你不可能察覺得到。然而，要是他從異界喚來同伴，那可不是鬧著玩的。

「如何？反正要收拾掉，等數量多點再一次解決嗎？我都可以！」

「多起來會很麻煩哩，最好快點幹掉他們！」

就這麼做！你馬上做出決定，堂姊聽了也立即採取行動。

一手負責管理團隊法術資源（Party Resource）的她，舉起短杖吶喊：

「配合我！」

「是！」

女主教舉起天秤劍。她連續用了三次法術。想必消耗了大量的體力。

你迅速對堂姊使了個眼色。她點頭。你毫不猶豫，單手結起法印。

該朗誦的擁有真實力量的話語，僅此三個。

「『溫圖斯（風）』！」

「『流明（光）』！」

——「利貝羅（解放）」！

下個瞬間，與疾風同時解放的光與熱籠罩墓室。

正是從魔界之核（Demon Core）引出力量的，壓倒性的原初威力。

能抵抗萬物根源之力的，大概只有蜥蜴人（Lizardman）自古相傳的黑鱗暴風。

魔神、夜鬼，抑或潛伏於黑暗中的怪物，再怎麼抵抗都是徒勞無功。

跟冰雪消融一樣，怪物連慘叫的時間都沒有，淪為塵土消失（Lost）。

只剩下灼燒皮膚的餘溫乘風而來。

墓室中曾經有怪物存在的痕跡，唯有不知何時出現的寶箱。

你始終維持警戒，直到再也聽不見爆炸聲的殘響，才終於為刺耳的靜寂放下心來。

你甩掉彎刀上的血，檢查同伴的狀態。是你一直以來的習慣。

「哎，上級魔神差不多就這種程度囉。」

「只要封住法術，就只是數量多罷了。」

半森人斥候輕快卻謹慎地走向寶箱，女戰士笑出聲來。

帶著貓一般的表情撩起黑髮的動作，雖然有一半是在逞強，目的卻不在於掩飾傷勢。

是在假裝成平常的自己，以重新站起來。應該不成問題。

「我們走到哪了？我想看地圖。」

「啊，好的。我畫到一半……請稍等一下。」

至於女主教，堂姊會頻頻關心她。太感謝了。

女主教急忙打開包包，取出剛才收進去的手工裝訂的羊皮紙簿子。

她只憑一雙手摸索，就畫出了這間墓室的地形，技術著實了得。

「直向兩格，橫向兩格……」

「也許有暗門，之後找找。」

「嗯，得準備『聖光（Holy Light）』才行……」

然而，她可能有點給自己太大的壓力了。

蟲人僧侶從頭上探出頭說道，女主教不停點頭，宛如一隻雛鳥。

但她在剛才的戰鬥中，連續用了兩、三次法術。

堂姊「唔」了一聲，女主教幾乎在同時畫完地圖。

「給妳，我想已經到第九層中段了。」

「謝謝。」

堂姊接過地圖，小步朝你跑過來。

過了一半──話雖如此，才剛開始探索而已。

如你所料，堂姊喜孜孜地拿起來給你看的地圖，填滿的只有右下角。

不過考慮到之前探索過的迷宮的結構，你們經過的直線區域，確實可以說是一半。

怎麼樣呀？堂姊得意洋洋，眼神卻和表情成對比，相當嚴肅。

因此，你對**再從姊**說「妳這人真像小孩子」，刻意嘆了口氣。

「我年紀比你大耶!?」

她小題大作地怒罵，你配合她咧嘴一笑，抬起下巴指向女主教。

牆邊，摸著平坦的胸膛鬆了口氣的少女，看起來有點疲憊。

你也聽見微弱的吐氣聲。之後的呢喃倒是沒聽見。

──最好稍事休息。

「對呀。」**再從姊**一臉很懂的樣子。「畢竟剛才的戰鬥挺累人的！」

可是，在地下迷宮當中，很少有時間可以給人休息。

在你們從行囊裡拿出聖水布陣的緊要關頭。

——鏗鏗鏗。鏗鏗鏗。

金屬板敲擊大地的怪聲，從通道盡頭逼近你們。

§

那個聲音，如同小丑演奏的神祕可疑樂器。

而聲音的來源，同樣也是奇怪的——奇妙的動物。

隨著刺耳的喀嚓聲接近的東西，是巨大的鋼鐵箱子。

它發出騎士鎧甲的金屬板互相摩擦的聲音，驅使奇妙的蛇腹腳蠕動著。

乍看之下是馬車或戰車，不過這東西不可能帶著馬。

畢竟在迷宮徘徊的生物，無疑是活著的、會動的怪物。

「那、」半森人斥候緊張地開口。「是啥東東……」

雖說事發突然，你們迅速躲進墓室的角落，屏住氣息。

你們才剛經歷一場戰鬥。萬一遭到不明生物的襲擊，可應付不來。

你基於這樣的判斷採取行動，而這麼做並沒有錯。你的心情跟斥候一樣。

——**那是什麼？**

「不知道……」

女主教壓抑著因恐懼而拔尖的聲音，低聲說道。
即使以她的五感偵測得到逐漸逼近的是危險生物，想掌握更詳細的情報應該有難度。

「我不知道……」

不是小鬼。妳對恐懼不安的她說了句並非冗句的話。
雖然有點僵硬，女主教臉上浮現了笑容。她點頭回答「是的」。暫時不用擔心。

「妳最近不是看了很多書嗎？有沒有記載什麼？」

「熟知魔神生態的，只有魔神吧……」

蟲人僧侶和堂姊則湊在一起，尋找敵人的情報。
堂姊前陣子買來，沉迷其中的異國魔法書上，記錄著各種情報，不過……
會有惡鬼羅剎的資料嗎？否則就算堂姊知識淵博——

——不對，等一下。她說什麼？

「……嗯，沒錯。」堂姊點頭回答你的疑問。「那是魔神。」
竟然。你哀號似地咕噥道，把手放在收進刀鞘的彎刀上。
本以為那並非這個世界的生物，那樣的異形也遊走在魔神的領域嗎？

「要怎麼做？殺掉嗎？」

蟲人僧侶一如往常，冷靜地詢問你，表示他都可以。

「……嗯，不需要跟他打吧？」

女戰士性感的低語及銀鈴般的笑聲，搔弄著你的耳朵。

你忽然想起以前交手過的夢魔。為什麼呢？噢，不，不對。

你斜眼瞄向女戰士，小巧的臉蛋上看不見害怕的情緒。跟平常一樣，精明慧黠的表情。

「因為，我們要去迷宮的最底層不是嗎？沒必要進行無謂的戰鬥吧……」

那是刻意之舉，還是自然的行為，你無法分辨。

但她一直以來都會刻意這麼做。你心存感激。

只能得出一個意見的集團很危險。理所當然。

你雙臂環胸，陷入沉思，望向發出怪聲於墓室徘徊的鋼鐵惡魔。

不曉得那東西如何感應周遭的狀況——

「誰知道咧……可能有眼睛，不然就是耳朵……」

半森人斥候抱著胳膊沉吟。

連他這名優秀的斥候，都會擔心能否瞞過無臉怪物的知覺。

「因為那東西沒有疑似臉孔的部位嘛。」

「說不定是憑氣味！」

「那咱們早被發現了。」

聽見堂姊的意見，斥候笑道「大姊很聰明喔」，點了下頭說：

「也就是說，他沒辦法發現躲起來講話的咱們。但還是不能大意啦。」

原來如此。你感謝斥候的分析，小心翼翼地觀察魔神。

他在想什麼——既然你們生活的次元不同，思考這個問題也沒意義。

在墓室裡徘徊。那裡有敵人。在這個情況下，敵人會如何行動……

你默默摸索彎刀的刀鞘，拔出藏在裡面的小刀。

「怎麼？想瞄準要害？」

女戰士從身後冒出來窺探你的手，輕笑出聲。

怎麼可能？你揚起嘴角。若你懂得室內戰用的基本短刀術就好了。

你用貓科猛獸般的手勢握緊那把小刀，往其他方向扔。

短小的刀刃射穿墓室的黑暗，命中遠方的輪廓線（Wireframe），鏘一聲彈開。

鋼鐵惡魔立刻有了反應。

他轉過頭——是頭吧，大概——長在那上面的角發出低吼。

不，以為那是角是你的誤判。恐怕是魔法杖之類的東西。

因為，它隨著轟然巨響噴出猛烈的火焰。

「————!?」

震耳欲聾的衝擊聲令女戰士馬上摀住耳朵，忍住尖叫。

你也受不了在頭盔內側迴盪的噪音，甚至皺眉蹲到地上。
夥伴們也差不多，剩下蟲人僧侶沒什麼反應。
他只有在爆炸時輕輕搖晃觸角，你有點羨慕。
「只是火焰吐息(Breath)——看來沒那麼簡單。」
「什麼意思……？」
堂姊聞言，昏昏沉沉的腦袋上面浮現問號。
鋼鐵魔神大概是真的聽不見聲音。
他的攻勢結束後，你在漫天塵土中呻吟。
畢竟明明沒有任何聲音了，刺耳的聲音還在你的耳朵裡嗡嗡作響。
受不了。這什麼東西！
「推測是咒彈那類的。」
在你煩惱該如何是好的時候，旁邊的蟲人僧侶同樣豎起觸角咕噥道。
「毒或麻痺……也可能是石化。可以確定他撒下了大量的咒彈。」
「不管怎樣，一旦中彈就玩完囉。」
半森人斥候聳了下肩膀，他的反應很正常。
敵人會使用聲音及眼睛（先不論他看得見什麼），可是，那樣的怪物要如何應對？

「咒彈、怪聲、吐息、奇怪的腳步聲……」

不過，女主教似乎跟你們不一樣。

反而不會被視覺迷惑的她，纖細的手指抵在脣上，一面思考一面自言自語，不久後開口說道：

「會不會是……地獄的小丑？」

「啊——有可能！」

堂姊拍了下大腿點點頭，你卻一頭霧水。

你詢問「有那種魔神嗎」，堂姊回答：

「嗯——資料很少啦。書上說那是一種隨著小丑樂器般的聲音出現，真面目不明的魔神。」

能遇到那樣的存在是挺有意思，但你們又不是來編纂怪物辭典（Monster Manual）的。

你們現在想知道的只有一件事，就是如何才能殺掉那隻怪物。

「唔……我也說了，沒什麼人遇過他，所以文獻上的情報也不多……」

堂姊面色凝重地思考著，你不慌不忙地等待她的答案。

這沒什麼，光是知道他不是莫名其妙、捉摸不透的東西，就很有幫助。

不是沒有與那隻怪物為敵，最後倖存下來的人。

既然有相關紀錄（Data），應該也殺得了吧。

不久後，揉著眉間和太陽穴的堂姊，對你投以缺乏信心的目光。

「……外觀是用來騙人的，本體是舌頭或塞在裡面的黏菌（Slime）……？」

「嗚嗯……」

女戰士板起臉來。或者說露出泫然欲泣的表情。總之是可憐兮兮的聲音。

你苦笑著輕拍她的背，下達結論。只要卸下那身鎧甲，就有辦法處理。

閃過那些駭人的咒彈，懷著有可能再遇到他的恐懼繼續探索，並不可行。

——打倒那隻鋼鐵惡魔，將其粉碎。

想抵達地下十樓該做些什麼，顯而易見。

「就是說，必須排除那個阻礙（Flack）囉。」

半森人斥候瞪向發出吱嘎吱嘎的奇怪旋律徘徊的怪物。

不，他應該是在俯瞰可能成為戰場的墓室。

得設法與敵人接觸。他碎碎念道。

不拆除那個分不清是鎧甲還是殼的東西，就沒有勝算。

隔著鎧甲用法術烤死他，大概不可行。

既然如此——需要遮蔽物作為掩護。

你不認為扛著蠻刀或長槍正面突擊會管用。

「可是，咒彈的威力那麼大，連我的『聖壁（Protecion）』都不知道擋不擋得住……」

即使如此，只要大家拜託她，她應該會果斷地使用神蹟。從女主教勤奮的語氣可以想見。

半森人斥候聽了，錯愕地眨了下眼，豎起大拇指指向墓室。

「那東西不就能拿來當遮蔽物嗎？」

「咦……？」

她看不見的雙眼沒有立刻辨別出來，也是無可奈何。

擋住你們的東西。以及在墓室立起的牆壁。斥候大拇指指向的地方。

那是——上級魔神太過巨大的屍骸。

§

爆炸聲響起，煙霧噴出。衝擊與熱乘風襲來，你在其中拔足狂奔。

每當從上方降下的炮火爆炸，倒在地上的魔神屍體就會跟著炸開，血肉飛濺。

「嗚嗚嗚，上級魔神的內臟……！」

被內臟直接淋了一身的女戰士哀號道，但這總比直接命中來得好，希望她忍耐一下。

話說回來，鋼鐵惡魔、地獄小丑的咒彈，威力實在驚人。

它輕易炸飛了剛才使你花了那麼多力氣的魔神外皮。

——真是的，那名金剛石騎士講得一副去王都更辛苦的樣子。

還有比挑戰「死亡迷宮」最深處更刺激的冒險嗎？這裡還只是九樓啊。

儘管如此，厚實的肉牆足以擋住那隻怪物的吐息（Breath）了。

你滑進屍體後面，迎接喘著氣衝過來的女戰士，兩人一同蹲低。

下一刻，伴隨巨響的衝擊，導致魔神的屍體劇烈晃動。

「是要怎麼辦啦……」

女戰士的語氣之所以那麼無助，八成是因為全身都是藍黑色體液。

你心想「等等借她手帕擦好了」，一面認真思考。

他的外殼類似鋼鐵鎧甲，一般的攻擊不可能管用。

既然如此，從縫隙間進攻才符合常理。

高級的板甲關節也會用蛇腹狀裝甲覆蓋住，不過那是魔界的怪物。

總而言之，必須讓女主教休息，其他法術你也想省著用。

那麼——你邊和女戰士交談邊制定計畫，做出結論。

還是採用跟綠龍（Green Dragon）那時候同樣的戰術吧。

「瞭解……呵呵。」

聽起來像忍不住發出來的笑聲，突然從女戰士的唇間傾瀉而出。

你驚訝地望向她，與女戰士清澈的雙眸對上目光。

「沒事。」她晃著黑髮說道。「只是覺得很愉快。」

就這樣。她留下簡短的呢喃及頭髮的香氣，鐵靴往地面一蹬，衝了出去。

被拋下的你錯愕地看著她的背影——然後笑了。

這樣果然更適合你。

該做的事沒變。挑戰「死亡迷宮」的最深處，為了達成這個目的去冒險。

唯有這個機會，連金剛石騎士都不讓。

他現在不知道是在王都奮戰，還是率領軍隊迎擊魑魅魍魎。

總之，他活該。事後再好好後悔吧。

「嘿，老大！要怎麼做!!」

半森人斥候的吶喊在炮擊的空檔傳入耳中。

專注於隱形的他，連影子都不會被你看見。

他大概是判斷在如此猛烈的炮火下，敵人無法靠聲音找到你們，才會出聲聯絡。

你用不遜於咒彈著彈聲的宏亮聲音叫他擾亂敵人，為從天而降的血肉按住頭盔。

在這裡看不見後排成員。不過，嗯，不會有問題吧。

有堂姊和蟲人僧侶兩個人在。就算女主教想勉強自己，應該也有辦法制止她。

而且——沒錯，這裡還只是九樓。只是九樓。十樓，以及黑衣男在底下等待你們。

除了想讓女主教休息，你更想在這裡避免消耗體力，這才是你的真心話。

思及此——你發現自己的嘴角再度浮現笑容。

竟然在想之後的安排，挺從容不迫的嘛。

嗯——果然，這樣比較好。

你索性放輕鬆，握住彎刀，從魔神的屍體後面一躍而出。

「——————！」

鋼鐵惡魔的頭部轉向這邊，發出法術嗡鳴聲的角——不，是杖，改變射擊的方向。

看來那隻怪物的頭部甚至能轉三百六十度，但咒彈只會從杖射出。

既然如此，只要從三方逼近，似乎就能避免瞬間全滅。

「——!!」

如高塔般長在頭上的杖（Boom Stick），隨著尖銳刺耳的聲音爆炸。

立刻跳開——你做不到這種事。

畢竟光或聲音，至少其中一方傳達過來的時候，腳邊就已經炸開了。

因此，你所做的是先發制人。搶在敵人前面行動，持續動作。除此之外別無他法。

在往你身上舔來的火舌底下四處逃竄的模樣，三名後衛看了不知道會作何感想。

堂姊應該會擔心，女主教應該看不見。至於蟲人僧侶——

——不管會不會被打中，都無所謂吧。

八成是這樣。你想著無聊的小事，撐著墓室的地板站起來。

沒時間停下。那樣等於是在給敵人瞄準的時間，萬萬不可。

你跟砸在地面上的球一樣彈起來，扛著彎刀奔跑。

不是在沒頭沒腦地亂逃。

敵人瞄準的是你，對你而言再好不過。

「看招，喝啊!!」

半森人斥候趁機撲上去，往怪物的腳揮下蝴蝶短刀。

形似蛇腹的奇怪腳部終究是腳。腳筋啪一聲斷裂，身體倒向一邊。

他的腳掙扎著刮動地面，發出令人不快的尖銳聲音，此乃致命的破綻。

「————!?」

女戰士當然不會放過那個機會。

「嘿咻……!!」

鐵靴奏響輕快的聲音，女戰士的身體彷彿在翩翩起舞，閃過炮火躍向空中。

手中的橡木槍連在地底的黑暗中都綻放著神聖光輝，刺進怪物的殼。

「————！？！？！？」

「啊哈！」女戰士輕舔嘴唇。「原來你也有痛覺呀？」

她將嬌小的身體壓在長槍上，將其當成棍子，試圖從縫隙間撬開外殼。

喀啦，啪嘰。那是鋼鐵斷裂的聲音，還是外皮裂開的聲音，你不得而知。

不過，對鋼鐵魔神而言，無疑不痛不癢。

——因此，你狂奔而出。

你在墓室地板上一蹬，拿上級魔神的屍體當踏腳石，跳躍。

師父傳授的猿飛之術，彌補了鎧甲的重量、連戰導致的體力消耗等劣勢。

於空中奔馳的你，左手結起法印，具有真實力量的話語從口中迸發而出。

接連朗誦的咒文，僅此三句。

「卡利奔克爾斯（火礫）」，「克雷斯肯特（成長）」，「雅克塔（投射）」。

你扔出於指尖點亮的鬼火，那團火焰拖著白色尾巴，飛進魔神的傷口。

下一刻——

「！？！？！？！？！？！？！？！！！！？！？！？」

魔神的體內隨著撼動全身的巨響噴出黑煙。

「哇啊!?」

女戰士忍不住尖叫的原因，卻不在於此。

而是因為被火焰包圍的魔神傷口，當著她的面竄出紅黑色的物體。

柔軟肥大的黏菌——不對，看起來像某種不明生物的舌頭。

那東西朝女戰士的臉彈過去，嚇得她尖叫著蹲下，然後逃往後方。

「糟糕，他想逃……！」

即使不知道那根舌頭是什麼東西，他的意圖顯而易見。

斥候的警告使你回過頭，墓室很大，距離遙遠。

魔物的舌頭扭動著於墓室爬行，跳向走道。

「『阿拉內亞（蜘蛛）……法基歐（產生）……利加圖爾（束縛）』!!」

高聲朗誦的旋律束縛住他，被白色黏液纏住的舌頭墜落於地面。

「直接法術對魔神不怎麼管用，間接法術就沒差了！」

堂姊哼了聲，用短杖指著他，驕傲地挺起豐滿的胸膛。

不，她是想保護背後的女主教，氣勢洶洶地站在那邊。

幹得漂亮。

——你當然不會明言。

然而，或許是安心的情緒表現出來了，你聽見得意的笑聲。
「總之，」
蟲人僧侶冷酷地俯視變成一團蛛絲蠕動著的魔神舌頭，開口說道。
「這傢伙就是最後一隻了吧？」
鑾刀砸下——確實是最後了。

§

稍事休息是再自然不過的選擇。
你們用聖水布陣，驅散怪物，在各自喜歡的地方用各自喜歡的姿勢休息。
雖說這裡是迷宮中，墓室的正中央，總不能馬不停蹄地探索。休息是必須的。
——像這樣在迷宮裡休息，不知道是第幾次了。
初次造訪地下一樓的時候，是什麼情況？
仔細一想，從那一天開始，你們就不斷潛入這座迷宮……
你邊想邊走向蹲在墓室角落的半森人斥候。
他彎腰蹲在不知不覺間出現的寶箱前面，靈活運用七種道具開鎖。
雖然他之前說過會有危險，叫你不要靠近，在他工作時待在旁邊，是你的習慣。

「怎麼？你好奇會不會有魔法武器嗎？」

你站到旁邊，感覺到半森人斥候往這瞥了眼。

「在這種地方拿到神聖鎧甲、聖騎士的外套，又有什麼用咧。」

可是只要有辦法活著回去，能賣很多錢。斥候聽了你這句話，咧嘴笑道：「是沒錯。」

對這個團隊(Party)來說是用不到的裝備，不過搞不好會出現彎刀那類的武器。

「是啊。」

斥候點頭回答你那聽不出是開玩笑還是發自內心的話語，嘀咕道。

「話說回來，感覺真像在作夢。」

哦。你吁了口氣。他會吐露自身的心境還真難得。

他無時無刻都在為團隊(Party)成員著想，貼心地顧及各個方面。

你抱著胳膊靠在牆上，表現出要聽他說話的態度。

想說的話但說無妨。你認為傾聽是自己的職責。

「咱就只是個無法謀生的斥候。跟混不下去的冒險者差不多，或者說差點混不下去。」

走錯一步就要去當黑手(Runner)了。他喀嚓喀嚓地操作著開鎖工具說道。

實際上，你很清楚這名斥候的技術。就算他跑去當黑手，應該也能混得有聲有色。

「哎呀，沒那麼簡單。咱加入過許多團隊（Party），結果都慘到不行。」

半森人斥候苦笑著聳肩。鎖頭裡面再度傳出喀嚓聲。

最後甚至惹怒魔法師，被困在樹上嗎？你想起和他相遇的情境，笑了。

因為偷了魔法書，或者其實並沒有偷的關係，中了吸引蟲子的法術，被蜜蜂追到樹上的男子。

他在你和堂姊於前往城塞都市的途中路過時，向你們求助。

「如今竟然要前往『死亡迷宮』的最下層，真不敢相信。」

說不定會在那之前送命。斥候聞言「唉唷」哀號道。

金屬聲再度傳來，寶箱的蓋子「喀」一聲脫落，露出內容物。

金幣、財寶、武器、收穫應該挺豐碩的。

「得活著回去，鑑定這東西。」

半森人斥候看了女主教一眼，輕聲呢喃。你點頭，拍拍他的肩膀。

為此，得摘下那傢伙的腦袋。

「別抱太大的期望啊。」

半森人斥候露齒一笑，神似鯊魚的笑容。

你將財寶交給他塞進雜物袋，坐下來休息。

——我們。

你思考著。我們不是被神選上的人，也沒有背負著某種宿命。

女戰士的橡木槍雖然受到了祝福，說這叫「被神選上」未免太過愚蠢。

將其授予她的，是交易神修女。

借用她說過的話，世上的一切都在提供有形無形的支援。

而你們與此連接上的原因——並不是因為有什麼特別之處。

你們是平凡的冒險者。與其他人並無二異。在來到城塞都市的那時候。

平凡的戰士。

他的堂姊。

無法謀生的斥候。

被當成英雄養大的少女。

為了繳稅而賣身的女孩。

尊崇自身信仰的異鄉僧侶。

僅此而已。

現在，你們僅憑這六個人的力量，來到地下迷宮的九樓。

畏懼小鬼、畏懼黏菌，與強盜交手，被忍者劃破頸項，和其他冒險者起爭執。

© lack

此時此刻，你們正在逼近君臨於「死亡迷宮」的那名黑衣男的喉頭。

既奇妙，又愉快。

明明世界的危機，在你腦中沒有太大的意義。

——唉，這樣講對金剛石騎士不太好意思就是了。

你抱著彎刀假寐，想著這些事，揚起嘴角。

§

——是時候出發了。

不久後。

你站起身，重新繫好裝甲的扣具，向團隊（Party）成員說道。

儘管在迷宮裡時間感會被擾亂，金剛石騎士他們也差不多要開始行動了吧。

你檢查彎刀的刀刃，確認刀柄有無異狀，「喀嚓」一聲收刀入鞘。

迷宮的瘴氣、冰冷的石板路、輪廓線的壓迫感，事到如今成了再熟悉不過的事物。

能在這樣的環境中休息，或許也是你愈來愈熟練的證據。

其他人亦然。

坐在地上養精蓄銳的同伴們，聽從你的指示起身動手準備。

「身體還好嗎？」

「……是的，我沒事。」

堂姊小跑步到看起來在發呆的女主教身旁呼喚她。

「有什麼事要說喔。那孩子真的不懂得關心女生。」

是。**再從姊**說得都對。你隨口敷衍傳入耳中的忠告，走向蟲人僧侶。

那邊的情況如何？行軍時，你想知道所有人的意見。

「不管怎樣，得先決定要前進還是要回頭。升降機離這裡不遠。」

他沉思片刻後說道，窸窸窣窣打開地圖。

推測是女主教在休息時間給他的。在製圖這方面，這位蟲人是整個團隊（Party）技術最好的人。

他的利爪在地圖上移動，敲著現在位置說：

「以路程來說，我們在中間。看是要去地下十樓，還是要回去。我都可以。」

「咱們剛才都有盡量節省法術，還行唄。」

半森人斥候從旁探頭觀察地圖，語氣輕鬆。

話雖如此，他並非施法者。掌握團隊法術資源（Party Resource）的人是堂姊。

因此，他搬出這句聽起來很有道理的話，主要的目的應該是在為眾人著想。

「不過法術和體力、精力不能混為一談。萬一累垮就糟了，要仔細判斷情勢啊。」

「哎呀，你累了嗎？」

女戰士帶著慧黠的笑容調侃他。

時至今日，你看得出她這樣的行為別有深意。

你對她使了個眼色，女戰士嫵媚地對你拋媚眼。

「那怎麼行。會被女生討厭喔？」

「要妳管。」

她用長槍的石突輕戳半森人斥候，斥候回嘴道。

「妳說對不對？」

在鬥嘴過程中，女戰士還不忘跟女主教搭話。

她們倆經常去寺院。在你不知道的時候，關係變得十分親近。

你感到欣慰，詢問女主教的意見。

「咦？」

突然被叫到的她，猛然抬頭望向你。

要不是因為被眼帶遮住，想必能看見她正在眨眼。

「那個……」

她不知所措，像在猶豫似地扭扭捏捏，沒有立即回答。
你沒有不耐煩，而是耐心等待她整理好心情。
你覺得這很正常。
不可能每個人都有同樣的、類似的意見，贊同你的做法。
這六個人大家都不一樣。想法、出身、職業，一切都不盡相同。
「……我想想。說不定不會有第二次機會。」
因此，你需要聽她的意見。
而她經歷過之前的冒險，也學會明白表達自身的感受。
「我想去做個了斷。」
那一定是她打從一開始藏在心裡的堅強。
僅僅是被各式各樣的東西遮蔽，如今它浮出了水面，你誠心感到高興。
──那就走吧。
所以，你也斬釘截鐵地將決定說出口。
團隊（Party）成員互相對視，同時點頭。
「就這樣跟敵人的頭目決戰嗎？有趣。令人躍躍欲試。」
「嘿嘿嘿嘿，區區魔神王在咱面前，根本不算什麼！」
「那沒贏就是你的錯囉。」

「唉唷……」

「放心啦。大家那麼可靠。」

講這種話。堂姊不認真做事，你會很傷腦筋。

你苦笑著說道，緩緩朝迷宮最深處邁步而出。

前方有什麼東西在等待你們，無從得知。

——不。

某種意義上來說，再明顯不過。

有怪物，有財寶，迷宮很大，深處有黑衣男。

跟之前沒有差異。既然如此，要做的事也不會改變。

不曉得會有幾個人活下來。不曉得會在這場戰鬥中受多少傷。

——不過。

管他的。

你沒有抱持疑問，向前邁進。你們向前邁進。

————那就是冒險者。

通往地下十樓的道路並非階梯，而是連接深淵的一個洞。

你窺探從九層最深處直達地底最深處的黑暗。

——沒有風。

看不清黑暗是自然的，可是連在黑暗底部萌芽的大氣都感覺不到。

不是人類該去的地方——事到如今才有這種想法，為時已晚。

——這裡離升降機挺近的。

結果繞了一大段遠路，你刻意抱怨給其他人聽。

「創造這座地下迷宮的人，真的很惡劣。」

半森人斥候（Half ElfScout）誇張地搖頭。女主教（Bishop）輕笑出聲。

「跟四樓、五樓的時候不同，隱藏區域……應該不存在。」

她把手放在迷宮的牆壁上，輕輕撫摸石壁，語氣沉著冷靜。

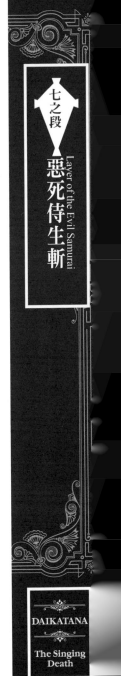

是埋著眾多冒險者，展現他們的手、腳、部分身軀、悽慘下場的牆壁。

底下不可能會有迷宮的祕密，這面牆僅僅是冒險者的墓地。

「所以我認為……要去地下十樓，果然只能透過這個豎穴……」

「好討厭喔……」

女戰士毫不掩飾地板起臉，用橡木槍的石突戳洞穴的邊緣，瞄了你一眼。

「下面會不會有刺呀？」

這句話是諷刺還是擔心，抑或兩者都是？你說著「總有辦法吧」，觀察洞穴。

「若是陷阱，理應設置於更容易經過之處。」

蟲人（Myrmidon）僧侶搖晃觸角，敲響嘴巴。

「反而該擔心沒有回去的路吧。」

「那應該沒問題？」

堂姊依然神情嚴肅，看著洞穴。

為了防止她摔下去，你默默繞到背後，以便隨時可以抓住她的衣領，催促她繼續說明。

何出此言？

「因為那個人會到地上嘛……」

黑衣男嗎？

經她這麼一說，確實如此。

那男人得意洋洋地於地面及地底往來，表示有前往地下十樓的手段，也有回到地面的手段。

至少——你接在堂姊後面開口，回想那一天的情況。

——至少，既然那傢伙跳進了升降機，通往地下九樓的路線應該是正確的。

意即，可以視為這層樓、這塊領域，存在通往地下十樓的方法。

例如這個明顯到了極點的洞穴——

「前提是不是預料到你會這麼想的陷阱囉？」

女戰士壞心地挖苦你。但你覺得這樣很好。警戒、懷疑、膽怯是必須的。

你點頭，抬起下巴叫半森人斥候和女主教發言。

知覺最為敏銳之人，以及不會被視覺迷惑之人。雖說蟲人僧侶有觸角……

「……有股異常的氣息。」

女主教豎起耳朵，仔細聽了一會兒，訥訥地說。

「假如只是單純的落穴，不會有這種感覺……我是這麼認為的。」

「嗯——咱也覺得如果是陷阱，照理說會藏得更好。」

半森人斥候謹慎地將洞穴周圍鉅細靡遺調查過，下達結論起身。

他把整層九樓都搜遍了。

有扇打不開的門，硬是撬開來後，發現門後是牆壁。

這樣的話，剩下的道路只有這個洞穴下方。

「可是要下去的話，繩子的長度夠不夠咧……」

「有『落下(Slow Down)』的法術，用它慢慢降落吧。」

剩下的問題，也由堂姊的建議解決。

既然如此——

「也就是說，今天就是那傢伙的忌日。」

蟲人僧侶敲著嘴巴說道。他說「有趣」。

你在最後環視眾人。大家都看著你的臉。心情及答案，應該是一樣的。

——十樓嗎？

你感慨地自言自語，對堂姊說「交給妳了」，投身於黑暗的深淵中。

「『特拉(地)……賽梅路(暫時)……雷威斯(減輕)』……！」

堂姊的真言從後追上，舒適的飄浮感籠罩全身。

你在黑暗中直線墜落，彷彿需要無限的時間——

「欸，不准往上看喔？」

女戰士的玩笑話。同伴接連跳下的聲音。那聲尖叫不知道是出自女主教還是堂姊口中。

——總而言之，看來不會太無聊。

§

「……怎麼覺得看起來沒啥差。」

正如半森人斥候所言。

你們降落到昏暗狹窄，景色不變的地下迷宮的走道上。

空中只看得見輪廓線（Wireframe）的這一點也沒變，唯一的差異，只有立於此地的一塊石碑。

金色板子釘在其上，用古老的語言刻著文字。

「汝即死」。

——「死亡迷宮（Dungeon of the Dead）」。

意即這裡就是那裡。本來該那樣稱呼的場所。

你四處張望，思考該往哪裡走，於黑暗的迷宮中踏出——

「……小心！」

堂姊尖銳的聲音，使你瞬間繃緊身子。

你輕輕把腳挪回原位，回過頭，堂姊面無血色。

「次元扭曲了。比上面的樓層更嚴重……」

她像在畏懼寒冷般抱著雙肩發抖，抬頭看著你，用沙啞的聲音說道。

「隨便亂走的話，不曉得會被傳送到哪去……」

「那要怎麼走路啦。」

女戰士微微顫抖，聽她的語氣彷彿隨時會哭出來。

「……我不要變成那樣……」

她在想什麼你也明白。是地下九樓，埋在牆壁中的冒險者。

誰都不會想像那樣永遠被人玩弄，淪為迷宮的玩物。

你拍了下女戰士的肩膀，讓她冷靜下來，詢問能否看見那個叫次元扭曲的東西。

堂姊面色凝重，不顧形象地咬住大拇指的指甲，瞪著空間。

「就我的感覺，像漩渦一樣……」

「……大概，是往左。」

給予答案的人，是女主教。

她伸出纖細修長的手指，指向迷宮通道左側的岔路。

「像這樣……」她的手在空中畫出圓弧。

「漩渦的流向感覺是由左到右。所以……」

只要在扭曲的次元中往左側前進，自然而然就會抵達漩渦中心嗎？至於漩渦中心有什麼東西、有什麼人在，不用想也知道。

——黑衣男。

「那就決定了。」

蟲人僧侶宛如木槌，敲著嘴斷言。

「只能往左走。路上一邊讓斥候調查吧。」

「萬一咱被炸飛，希望能至少幫咱立個墓碑。」

那財寶得先寄放在我們這才行。半森人斥候聞言，笑道：「唉唷。」

「因為，要是你帶著值錢的東西逃走怎麼辦。對吧？」

女戰士也附和你，你回答「說得對」。

接著，你望向對自身的意見沒有自信的堂姊及女主教。

——都走到這裡了，懷疑夥伴說的話有何意義？

跟大家接受你在戰鬥中下錯一步棋就會導致全滅一樣。

假如兩人判斷錯誤，隊伍全滅，那也是命。

沒什麼好在意的。

因此你跟在斥候後面，果斷走向左側的道路。

——什麼都沒發生。

唔。

你刻意嘆氣，下達不知道第幾次出發的號令。

眾人的腳步聲跟在你的鎧甲碰撞聲後面。

「如果，」女戰士語氣嚴厲。「那傢伙不在怎麼辦？」

「是他叫咱們來的耶。咱一定要叫他把營業時間寫清楚。」

你聽著女戰士和半森人斥候的對話，瞄向後方。

身後由蟲人僧侶保護著的堂姊及女戰士，相視而笑。

——沒有任何問題。

倘若丟掉了性命，代表你註定要死在這裡。就這麼簡單。

你沒有一絲猶豫，用力踹破地下十樓第一間墓室的門。

§

——地下十樓的探索過程，沒什麼好大書特書的。

散播毒氣的巨人。可怕的吸血鬼（Vampire）群。火龍和冰霜巨人。

你、你們擊退阻擋於前方的眾多怪物，衝向更深處。

刀刃呼嘯而過，槍尖貫穿敵人，短劍劍光一閃，法術威力無窮，將怪物的屍骸留在身後。

穿越墓室，前方是次元的扭曲處，跳進去，前往下一間墓室。

侵入、戰鬥、殺敵、前進。侵入、戰鬥、殺敵、前進。

連自己此刻身在何處都搞不清楚，但要做的事再清楚不過。

你們在這個四方世界，已經抵達最上級冒險者的領域。

連你們都前進不了的話，還有誰能攻略這座迷宮？

要說有什麼東西可以阻擋你們的去路，僅此一個。

——就是死亡。

§

——不久後。

你們抵達那扇門前。終究還是抵達了。

聳立於眼前的，只是一扇厚重的門，跟之前的墓室一樣。

不過，仰望那扇門的你——於內心確信。

——無論如何，這裡就是冒險的終點。

你吸氣，吐氣。環視眾人。他們紛紛點頭。

事已至此，無須做好覺悟、進行確認。

要做的只有檢查同伴及自身的裝備，做足準備。

專注力並未分散。法術也還有剩。武器沒有缺損，毫無問題。

更重要的是，就算你們在這裡退縮，也沒有回去的道路。

回過頭，眼前只有不會通往任何地方的通道。

走吧，你低聲說道。走吧，夥伴們回答。再無其他。

你使勁踹破門，冒險者一擁而上，衝進墓室。

那間昏暗的墓室——同樣跟其他墓室沒有差異。

空蕩蕩的，冷清的房間。只有輪廓線浮現於空中，正方形的石室。

——這就是「死」的中樞嗎？

地下四樓的祭壇，還比較有那個氣勢。

然而，證明這裡正是迷宮最深處的事物也確實存在。

是王座。

墓室底部的豪華王座上，有一道黑影蹲在那裡。

那東西像在膨脹似地緩緩起身，化為人形站在你面前。

——是黑衣男。

「哎呀——漂亮，漂亮。」

啪，啪。有氣無力的空洞掌聲響起。

罩著黑影的男人臉上，是打從心底感到佩服的笑容。令人不快的笑容。

「其實我挺期待的。畢竟能抵達這裡的冒險者不多。」

「迷宮之主（Dungeon Master）……」女主教努力讓顫抖了一瞬間的聲音恢復平穩。「……你是什麼人！」

比起質問，這更像單純的確認。

從這塊北方的盡頭之地散播「死亡」的某人。一切的元凶。最大的敵人。

不過，女主教有理由提出這個問題。手持橡木槍的女戰士亦然。

是在這座迷宮失去了誰的人，必須詢問的問題。

「不死的魔法師，或者魔神之王！你究竟有什麼企圖——」

黑衣男聞言。

笑出聲來。

「**那傢伙死了**。」

就這麼一句話。

男子輕描淡寫地說道，聳了下肩膀。

女戰士的槍尖在旁邊顫抖。

「你說什麼……！」

「是我殺的。不對，應該是我們吧？算了，都一樣……」

黑衣男緩緩用右手拿著的赤刃拍打肩膀，撫摸下巴，自言自語。實在很有趣。

儼然是在回憶數日前吃的晚餐的滋味。

「我不知道那東西是什麼，所以抱歉囉。問我我也回答不了。」

抱歉，先把他打倒了。

黑衣男一副真的做了壞事的態度。

「既然如此，為什麼這座迷宮的次元還是扭曲的！」

不敢相信。女主教為之戰慄，卻還是一步也不退讓，大聲喊道。

「不惜像那樣犧牲冒險者，你到底有何企圖……！」

「喂喂喂，別誤會。我可不是想毀滅世界。」

在女主教與黑衣男交談的時候，你悄悄對夥伴使眼色。

堂姊率先回應，單手拿著短杖往旁邊讓開，確保射線暢通。其他人也跟著行動。

冒險者從衝進墓室時所站的地點移開，慢慢尋找自己的位置。

握緊短杖集中注意力，單手拿著蠻刀結起聖印。拿起長槍，拿起短劍，拉近距離。

你也拖著步伐逐漸逼近，測量距離。衝上去，砍倒敵人的一刀。

「這裡真是個好——地方。」

還太遠。

黑衣男彷彿在跟路上遇到的熟人閒聊，輕鬆地動作。

你定睛凝視，試圖從那捉摸不透的動作中找到一絲破綻。

「冒險者會死，怪物也會死，全部都聚集於此處。化為力量……」

「死」。

『再說，傳說中的白金等級，已經是超脫常理的存在了吧？』

『而這座迷宮位於地底。至於地底有什麼東西——當然是「死」囉。』

『那麼潛伏於地底，在那裡跨越生死的界線，回到地上……』

『不就等於是「死」與重生的循環嗎？』

「死」乃力量。

冒險者殺死怪物，怪物殺死冒險者，存活下來。逐漸脫離常理。

這男人獲得了那股力量，獲得了「死」——

「要說我做了什麼，頂多只有準備一點寶箱。」

「……這什麼歪理……！」

剩下就是冒險者自己會去送死。女戰士像要唾棄他般，不屑地對黑衣男說道。

「真過分。」

黑衣男大笑著緩緩聳肩。

「全都要看骰子的點數。諸神扔出的骰子。既然如此，為了獲勝把能做的事都做了，不是當然的嗎？」

「沒救了，老大。聽這傢伙胡扯也沒意義。」

「無所謂。」蟲人僧侶對半森人斥候說。「當成叫聲就對了。」

你稍微與他拉近距離。

當時沒能砍中。現在又如何？砍得了他嗎？不對——

赤刃慢慢朝向你。

「這不重要吧？到頭來，殺敵、變強、殺敵、獲勝——」

黑衣男說道。對著你。向著你。沒錯，就是你。

「——很愉快對吧？」

——砍了他。

§

赤刃撫過你的眼瞼，接著傳來「咻」一聲的風聲，比聲音還快。

迷宮的石板路的一半。這麼一小段距離救了你一命。
你立刻在向前踏步的同時將彎刀由下往上揮，往斜前方使出斬擊。
尖銳的聲響刺入耳中，手掌一陣麻痺。刀刃被彈開，速度慢得令你感到不耐。
你握住刀柄，抽回愛刀扛在肩上。對方並未繼續追擊。
清晰可聞的笑聲於昏暗的迷宮內響起。他在笑你。就讓他笑吧。
「過來啊，在這邊……!!」
槍尖從旁刺出。這一槍銳利得與那溫柔的聲音形成反差。是女戰士。
你和她合作起來，已經不需要靠言語來溝通。
但也不到心靈相通的地步。
「唔、啊!?」
紅光再度斬裂黑暗，接著傳來的是刀劍碰撞聲。長槍伴隨火花彈開。
赤刃劃出一道圓弧，在空中留下軌跡。從頭上砍下的攻擊，她的表情僵住了。
不。
「嘿咻……!」
——擋掉了(parry)。
半森人斥候反手握著蝴蝶形的短刀，在千鈞一髮之際讓赤刃的軌道偏移。
看見他靈活地衝過來，女戰士揚起嘴角，拿著長槍努力起身。

「對不起，我搞砸了。」

「是沒關係……但咱一個人撐不住啊！」

每當紅光閃爍，半森人斥候身上就會多出傷痕。他是斥候。一對一對他來說應該相當吃力。

他大喊著「快來個人回歸戰線啊」，這句話說得再正確不過。

你問她站不站得起來，女戰士回答「我試試看」。那就好。

你把刀拿在肩膀處，再度踏上前，直線衝刺揮了三刀。

赤刃卻將你的攻擊盡數彈開、擋掉，像在滑行般退到後方。

不僅如此，你感覺到背脊發涼，向後跳去。刀刃砍過脖子剛才所在的位置。

——可謂致命一擊（Critical Hit）！

「咱們可是六打一，怎麼還那麼難纏！太奇怪了吧!!」

的確。你附和半森人斥候。可以的話，你也想體驗一次。

「——不，仔細看！」

號令從後方傳來。蟲人僧侶難得大吼。

你很快就察覺到了理由。

黑暗中，有某種東西在膨脹的氣息。

「GHOOOOOOOOOOULLLL!!」

「GGGGGGGHOOOULL……！」

紅眼、藍黑色的腐爛屍肉膨脹起來。身穿破布，利牙從嘴角露出。

夜行者（Night Walker）、蚯蚓（Night Walker）、吸血鬼（Night Walker）！

不曉得是在這座迷宮送命的冒險者，還是被從冥府召喚回來的生物，數量龐大。

感覺不到邊界的無垠黑暗中，不曉得潛伏著多少敵人。

「不是六對一，而是以寡敵眾。判斷失誤。」

蟲人僧侶謹慎地搖晃觸角，嘴巴敲得喀喀作響。

「也罷，反正都一樣要殺光。對我們來說是這樣，對他們來說也是。」

「這樣他就不能說我們以多欺少囉。因為敵人反而比我們多，又難纏。」

真狡猾。你繃緊神情，對拿起長槍的女戰士點頭，將彎刀拿在下段。

你躡手躡腳地行走，一面拉近距離，一面感應氣息。赤刃在哪裡？黑暗中，看不見氣息。

再說，所謂的氣息——不存在實體。正確地說，是沒有那種東西。

是聲音，是呼吸，是體溫的餘溫，是空氣的流動。唯有靠五感去感受。

女戰士大概是發現你在調整呼吸，眼中流露出一絲不安的情緒。

「欸，有什麼計畫嗎？」

這還用說，你揚起嘴角回答，趕盡殺絕。

女戰士無奈地聳肩，蒼白的臉上浮現笑容，看起來放鬆了一些。

蟲人僧侶見狀，「呣」了一聲擺出沉思的動作，開口說道：

「要怎麼做，前衛換人嗎？我都可以。」

「開什麼玩笑！」

半森人斥候冒著冷汗回答。

「咱要親手摘下那傢伙的腦袋!!」

「是嗎！」

看到斥候氣勢十足，蟲人僧侶磨牙笑出聲來。

與此同時，他那分成好幾節的雙手結起複雜的法印。送還之印。

「亡者應該很不擅長應付『解咒（Dispel）』吧……！」

女魔法師——一手負責管理法術資源（Resource）的你的堂姊看了，吆喝道：

「包含『解咒（Dispel）』在內共三回合！配合我！」

「是！」

旁邊的女主教手握天秤劍，堅強地應聲點頭。

儘管兩眼失去光芒，用眼帶遮住，她的視線依然寄宿著堅定的意志。

曾經柔弱的她，如今也已是熟練的冒險者。

好。你為她的成長感到欣慰，聽從堂姊的指示，用沒拿刀的那隻手在空中結印。

「『我等繞行世界的風之神，請將他們的魂魄送還故鄉』！」

第一回合，蟲人僧侶的「解咒」伴隨強風吹過。

塵歸塵，土歸土。

清新的空氣與讓生命復活的「蘇生（Resurrection）」神蹟類似，腐朽的屍體不可能承受得住。

充斥迷宮的亡者們雖然不是詛咒造成的，面對高階神蹟同樣無法抵禦。

亡者的肉體接連倒下，化為塵埃籠罩四周，堂姊尖銳的呼聲響起。

「溫圖斯（風）！」

「流明（光）！」

接著是女主教的聲音。她舉起天秤劍，如同神明下達神諭般，高聲朗誦咒文。

兩位少女吐出的魔法言語，覆蓋、竄改了世界的法則，製造龐大的力量。

狂風亂舞，光芒正逐漸凝縮，連你都看得一清二楚。

最後，你念出具有真實力量的話語，用結著法印的手解放一切。

——利貝羅（解放）。

狂風。

白光。

巨響。

以及熱能。

白色黑暗蓋過儼然已化為異次元的墓室的黑暗。

免於被「解咒」淨化，仍然維持著形體的亡者們立即蒸發，連慘叫的時間都沒有。

世間萬物，都無法從「核擊(Fusion Blast)」的威力下逃離。

「……老大!!」

「糟、糕……!?」

——沒錯，前提是這個世界上的存在。

你運氣很好。聽見兩人的聲音，你趴到石板路上往旁邊滾動。

赤刃從眼前擦過，血花綻放。

你親眼目睹女戰士的喉嚨發出笛聲般的聲音，噴出鮮血。

「嗚、咿、啊……啊！」

她面無血色，按住喉嚨，跪下來蜷縮在地上。

赤刃劃過空中。彷彿剛才那一刀的重現，由上往下。刎頸的一擊。

「混帳、東西……！」

半森人斥候(Scout)擋住了攻擊。然而蝴蝶短刀撐不過一、兩次的交鋒就被彈開，身體開出一個洞。

「嗚、呃……！」

你聽見刀刃陷進內臟的聲音，斥候吐出血塊。

面對倒下的同伴，你拿起刀擺好架勢。這樣就兩個人了。

「……！幫他們治療！你繼續專心守住前面，後方由我負責！」

堂姊迅速下達指示。你很尊敬她不會失去冷靜的這部分。

因此，同伴們於後方拚命祈求治癒的神蹟時，你俐落地採取行動。

「核擊」的殘渣灼燒肌膚，你衝上前，拿刀砍向赤刃。

手感很軟。

你用在地面拖行的雙腳踢散殘留的灰燼，拉開距離。

退向後方的敵人在笑。你看見瀰漫周圍的蒸氣中浮現一抹笑容。

——不妙。

「——！快閃開……!!」

女主教幾乎在你舉起刀的同時大喊。

你聽得一清二楚。用彷彿在嘲笑人的語氣念出的法術咒文。

「『溫圖斯（風）……流明（光）……利貝羅（解放）』！」

啊——你連思考的時間都沒有。

疼痛及痛苦都感覺不到，只剩下空白。
聲音消失，天地消滅。
你連自己是站是坐都不知道。
事實上，你只是側倒在地上而已。
一開口，無意義的聲音便隨著吐息一同洩出。
可以確定的只有一件事，來自右手的刀的觸感。
你拿刀做為支撐，跟幽靈一樣搖搖晃晃地站起來。
氣息——感覺到了。
夥伴們倒在墓室的各處。
女戰士像垃圾似地倒在那裡，斥候一動也不動。
蟲人僧侶靠著牆壁癱坐在地，堂姊縮在旁邊。
然後——你的視線對上趴在地上的女主教那雙看不見的眼睛。
「……我……還……能……戰、鬥……」
她顫抖不已，一副隨時會站不住的模樣，靠著天秤劍試圖起身。
處境跟你差不多。你將垂在胸前的鎧甲的繩子扯斷，扔掉。
「可惜啊，可惜……真可惜，你的冒險到此結束了。」
眼前是紅色的刀刃。那傢伙在笑。這種東西如今已派不上用場。

你好不容易拿起刀，對著正面。你心想，這樣有何意義？

紅色刀刃是死亡的記號。你、她、堂姊、夥伴們，大家都會死。

無一例外。

每個人。

都無法從「死」手下逃離。

——既然如此。

像現在這樣拿著刀，到底有何意義？

「……！」

有人在呼喚你，近似悲鳴的聲音傳入耳中。你聽見眾人擲骰的聲音。

接著，赤刃在你得出答案前劃過，鮮血四濺。

§

昏暗的草庵。藥的香氣。患病女子的氣味。老虎在耳邊笑。

「你是個高手。」她指向你，然後指向空中。「對方也是高手。」

老虎用無神的雙眼注視你。

「對方有把好劍，你手中只有鈍刀。」

——那麼，你怎麼做？

你回答。

老虎笑了。

§

「什麼……!?」

你感覺到劍自動彈起。

有種在靈光一閃的瞬間，回顧了一切的感覺。

這叫跑馬燈嗎？不知道。即使你不知道，你的身體倒是很明白。

你生命的大車輪，推動了你的身體。

——促使你做出閃開致命一擊的動作。

清澈的刀劍碰撞聲、黑衣男頭一次發出的驚呼聲，全都成了耳邊風。

意識模糊不清，唯有緊握在手中的觸感明確地存在著。

「力箭（Magic Missile）」的法術。拔刀術。二刀。跳躍。將你所持有的技術用盡後，還剩下的東西。

——剩下的東西啊。

你笑了。一笑出來，肩膀就立刻放鬆。呼吸緩緩傳遍身體。
你拿好掌中的彎刀。稱不上拿好，就只是輕鬆地用雙手抬起來。
——來了。
面對以劈開天空的氣勢迎頭揮下的一刀，你從旁敲打刀身，將其擊向後方。
用逆袈裟斬破解袈裟斬，用刀鍔擋住突刺，用八雙架勢抵禦橫砍。
劈里，劈里。劍與劍互相碰撞，眩目的火花於墓室飛散。
「好、厲……害……」
剛才喃喃自語的，是女主教嗎？但你想必不會注意到。
此時此刻，黑衣男就在你面前。他的赤刃在你面前。
那傢伙說獲勝很愉快，變強很愉快。
你無法否認。
可是——就只有這樣嗎？
理應並非如此。
你樂在其中的，應該不是殺敵、獲勝才對。
其中存在只有一線之隔的決定性差異，和常伴身旁的生與死與灰類似。
潛入迷宮，跟夥伴一同度過危機。為寶箱的內容物一喜一憂。
你的旅程上，絕非只有勝利。

脖子被忍者劃破，還被夢魔襲擊，也遇到了小鬼及黏菌（Slime）。

害怕、慌張、困惑、混亂、駐足，一路這樣走來。

你所享受的，是什麼？

是冒險。

——**你是冒險者**。

聽說了惡名昭彰的「死亡迷宮」的傳聞，以最深處為目標，來到這座城塞都市。

如今，你正在與死亡的源頭對峙。除了愉快，還有什麼可以形容？

——全都要看骰子的點數。

確實如此。

連諸神都無法掌握戰鬥的結局。

連諸神都無法對你的戰鬥出手。

存在於此的，唯有「宿命（Fate）」及「偶然（Chance）」。

沒有其他任何人的意志，沒有東西能影響你的行動。

這正是諸神賜予的恩寵，還有比這更珍貴的祝福嗎？

要擲骰就去吧。

你是自由的。

這樣的話。

「什麼……!?」

你的刀伸縮自如，輕鬆彈開赤刃，使其偏離軌道。

要做的只有用刀刃抵擋從黑暗中飛來的刀光。

殺敵獲勝有那麼偉大嗎？

戰敗喪命有那麼愚蠢嗎？

愚蠢至極。

眼前的男人也是。

陪你走來的同伴也是。

你的冒險有多少價值，無從估計。

因此你只要吶喊即可。

因此你只要咆哮即可。

吼出這一刻、這個瞬間，你選擇的這場冒險的價值。

這場冒險本身就是愉快的。

走錯路就會死。可是，那又怎麼樣？

走對路就會活。就這麼簡單。

那麼——何須煩惱？

敵我的本領、世界的命運、你的夥伴們，全都融化於空中，消失不見。
古人云，無論敵人有幾千人，做好趕盡殺絕的覺悟，奮戰到最後就對了。
對方是高手，你也是高手。對方有把名刀，你手中的只是把平凡無奇的刀。
毋須煩惱。
沒什麼好煩惱的。
擲出骰子吧，冒險者啊。
不管敵人是誰，競爭的結果已經註定。
儘管骰子有六面，骰出一和六的機率是相同的。
儘管只有百分之一的勝率，從一百之中骰出一的機率，與剩下九十九是相同的。
那麼，一切的結果只有兩種可能。
不是贏，就是輸。
也就是五五開。
已經沒有必要思考。也不需要動腦。
既然決定要戰鬥了，隨心所欲即可。
只有你能左右你的自由意志。
只有你能妨礙你的行動。

身體要如何動作、刀刃要如何揮下，全都由你的思緒決定。

體、技，以及運。

從萬物之下得到解放的你的意志與肉體，如今處於徹底的協調狀態（Harmony）。

知行合一！以和為貴！

——沒有什麼是無意義的。

你笑了，神清氣爽的笑容。

你的心中再也沒有疑問。

有的只是祈禱。

祈禱並享受吧，冒險者啊。

如同踩著持續受到殘火焚燒的灰燼，不斷前行的過程。

——沒錯，你知道。

在翻開通往迷宮的第一頁之前，你就知道了。

一切都只是為了這一刀，這一刀武士之劍。

此乃。

八之段

鍔鳴的太刀

Dai Katana of Singing Death

瞬間的空白。

寂靜無聲的墓室中，只聽得見尖銳的鍔鳴。

刀尖飛出。

綻放暗紅色光芒的刀刃。

斷裂、碎裂，於空中四散。

「什、麼——!?」

他的眼睛盯著它。你沒有這麼做。

你僅僅是翻過手腕，刀刃在掌中一轉。

上前一步。身體順著反作用力動作，舉起手臂。

往上砍。

「唔喔……!?」

——太淺了。

刀刃輕輕擦過。

黑衣男向後跳去，胸前噴出少量的鮮血。

浮現於臉上的表情——感情，是驚愕、恐懼，或者憤怒？

不管怎麼樣，你都不會知道。也不會想知道。

然而，你笑了。你在笑。真是太愉快了。

事已至此——你還在擔心。

腳踩得不夠用力，刀砍得不夠深。若黑衣男心智尚存，被砍中的八成會是你。

——一不小心就向前踏了。

這個想法使你露出笑容。

「把妖刀……砍斷了……？」

細不可聞的自言自語。難以置信的，顫抖著的聲音。

是女主教（Bishop）。

縮在墓室角落的少女，茫然地看著你。

她像在求救似地、像在尋求依靠似地伸向你的手，無法碰到你。

你前進。上前。向前。下一個。前往下一個章節（Paragraph）。繼續前進。

因為，你相信她也會這麼做。

你不知道自己的想法是否傳達給她了。

不過，女主教放下了伸向你的手。

纖細的手緊緊握住天秤劍。

然後——她站了起來。

「狀況有點不妙啊……！」

黑衣男自言自語。你咕噥道「五五開吧」。

——他要使出什麼招式？他要做什麼？

你謹慎計算距離。因為妖刀斷了，敵人的攻擊範圍應該也會隨之改變。

黑衣男見狀——咧嘴笑了。

「那我也稍微認真一下好了————你說是吧！」

瞬間，從男人身上噴出的壓力增加了。

殺氣。怒氣。不是那樣的情緒。

從刀刃斷面噴出的暗紅色光芒，只能以妖氣稱呼——

——不對……

那是死。

在這座迷宮送命的所有生物的，死。

怪物、冒險者。位於堆積成山的大量屍體上，被吞進迷宮的某處，消失不見的死。

黑衣男讓它膨脹起來。

儼然是發光的黑暗。

紅光纏在其上，繞在其上，像要融化似地與黑衣男混合。

彷彿那才是妖刀的真正力量（Power）。

黑衣男的力量逐漸增強。

你在男人背後看見某種異常的存在。

翻騰的黑影。看似長翅膀的惡鬼，也像老練的魔導士的那東西——

——嗚呼。

創造出這座駭人迷宮的一切，大概都被死亡當成了糧食。

他為何會成為「死亡迷宮（Dungeon of the Dead）」的主人，沒有任何人知道。

然而——差別不大。

在這座迷宮中，不管是胸懷大志之人，還是怪物、迷宮之主（Dungeon Master），都跟冒險者一樣。

眼前的男子也是，砍中就殺得掉。你也是，被砍中就會死。

「好了，第二回合（Turn）。」男子露出一口白牙。「讓我好好享受吧？」

——讓我們好好享受吧。

你的回答似是而非，不如說完全相反，緩緩拿好彎刀。

單手朝向前方，拿著彎刀的那隻手則移向後方，如同在拉弓——的架勢。

他會如何出招——要如何應對？

那傢伙的攻擊距離變短了。可是，你沒有自信到膽敢貿然拉近距離。

要先攻，還是後攻？將先手讓給未知的敵人固然是步壞棋，投身於危險中也是一步壞棋。

嘶。你微微向前挪動的腳，於地面發出摩擦聲的瞬間。

「————神啊！」

劃破黑暗，近似雷鳴的祈禱響徹四方。

「————!!」

之後的動作快到看不清。比思考的速度還快。彷彿身體在自由行動。

黑衣男張開嘴，不知道在朗誦什麼——緊接著。

紅光從刀刃伸出。補足失去的長度，銳利依舊。

男人混濁的黑氣溢出，朝你侵襲而來。

你僅僅是配合他。

「嘰咿咿咿咿咿咿咿咿咿咿!!」

那是與「核擊（Fusion Blast）」相似的紅色死亡奔流。

黑衣男揮下刀刃，纏繞於其上的死化為暗紅色巨鳥，解放開來。

從刀刃飛出的鳳凰，拍擊那對死亡的翅膀翱翔。

目標——不是你。是正準備向神明傾訴的女主教。

————銳！

因此，你僅僅是靈活地配合它，揮下手中的彎刀。

你現在才發現刀刃有缺口。刀身的正中央附近，確實磨損了。

恐怕是剛才一刀砍斷妖刀時造成的。

不過。

你將迎面而來的死打了回去。

「什麼————!?」

不是砍，也不只是擋開而已。

跟以前把忍者的短劍打回去一樣，紅色閃光往反方向射穿墓室。

不久前，你在剎那的交鋒間**覺醒**的一刀。

反擊的奧義。像法術又不像法術。失落的第三型(Form)。是醒的領域。

過去老虎基於好玩的心態教導男孩的武技，將死亡打了回去。

「嗚！呃啊！！！！」

是慘叫，還是吆喝？

被死亡的火焰灼燒，黑衣男發出詭異的叫聲，再度揮下赤刃。

每當刀刃揮下，帶來死亡的紅色閃光就成了咒彈之雨，往你身上灑落。

你予以回擊。

你鼓足幹勁，旋轉、舞動。如同那名遠古的森人(Elf)勇者。

一發，又一發。走錯一步就會沒命的攻防戰，重複了好幾回合，不斷累積、前進。

在你的背後。
女主教放聲大叫。

§

「神啊!!」
天秤劍發出嘹亮的聲響，蓋過劍戟聲貫穿墓室。
遮住雙眼的眼帶，與裝飾於胸前的藍色緞帶。夥伴一同託付給她的證明。
她輕輕撫摸聖印及緞帶，用失明的雙眼仰望高空。
貫穿墓室的天花板，穿過層層疊疊的迷宮樓層，通往遙遠的上方。
她對坐在神聖甕形星桌前的高貴棋手吶喊：
「我一路以來，都是以祈禱者的身分走到這裡！」
即使被小鬼當成玩物。
即使被友人拋下，獨自留在酒館。
即使在酒館角落過著被人指指點點，受到嘲笑的每一天。
即使在迷宮中心，朋友全被「死」吞噬，化為灰燼消失。
她還是沒有停下腳步。

原因為何？

「我並不要求回報！只要您們願意守望我的旅程就夠了!!」

沒錯。

不是因為渴望神蹟才祈禱。

不是因為需要協助才祈禱。

天上的棋手（Player）無時無刻都在祈禱者（Player Character）身旁。

勝利的時候也好，敗北的時候也罷。

對冒險者來說——就這麼簡單，再無其他願望。

「被小鬼蹂躪的丫頭，在鬼扯什麼——」

「正因為這樣！」

然而，女主教在這時清楚說出了自身的願望。

當然，凡事都會受到「宿命（Fate）」及「偶然（Chance）」的骰子影響。

其結果連諸神都無法左右。

你認同這件事。你遵守這件事。你認為這是再珍貴不過的祝福。

可是，就算這樣，正因為這樣。

「在這個當下，請您們打起幹勁擲出骰子！否則——」

她對神喝斥道。

「————我將不再祈禱!!」

光芒瞬間炸裂。

「嗚、啊啊、啊啊…………!?」

黑衣男已經逐漸成為巨大影子的迷宮之主，被白光照得忍不住別過頭。

你也一樣。這道光芒燦爛得彷彿太陽——不，彷彿閃電、雷霆落在大地上。

完全無法直視。你不禁抬手遮住眼睛，瞇眼看著她。

——神氣（Flare）。

這眩目的光芒，驅散迷宮的黑暗、墓室的影子的光，儼然是神氣。

被純白神氣籠罩的女主教，存在感——沒錯，存在感相當驚人。

在你眼中，她的身影巨大得無法形容，是會讓人想要下跪的偉大存在。

那當然是幻影，嬌小少女的身體確實還是小小的人影。

不過——你將覆蓋在她身上的存在，看得一清二楚。

穿著純潔無垢的白衣，驕傲地高舉天秤劍，兩眼用眼帶覆蓋住的女性。

巨大的女主教的幻影——至高神的模樣。

這正是女主教始終走在正道上的冒險結果。

瘦弱的少女害怕、顫抖、忍耐，努力站起身，一路走來的結果。

她走到了這裡，來到了這裡。威脅四方世界的災厄面前。

© lack

儘管其威光無法抵達暗黑城塞的最深處，不回應虔誠信徒的呼喚，何以稱之為女神？

此時此刻，那位神明就在**這裡**……！

「莫非她引發了『降神（Call God）』的神蹟……!?」

「呀啊啊啊……！」

至高神——女主教發出可愛卻更加神聖的吶喊，揮下天秤劍。

僅僅一揮。就這麼一個動作，黑影便震動起來。

第二下，黑影四分五裂。

第三下，籠罩黑衣男的影子痛苦地掙扎、蠕動。

此乃根源的光輝。喚來黎明的熱鬧跫音，正是晨光。

「給我退下，無禮之徒……！」

女主教慈悲為懷，又毫不留情。

下達制裁時，盡可能多加斟酌，不夾帶任何私心。

對抗邪惡時卻需要正義。

不是神給予的正義。是人類憑藉自身的意志思考、選擇、掌握、提倡的正義。

因為，那才是至高神期望人類遵守，託付給人類的——律法及秩序。

「你只懂得崇尚力量對吧!?那你就是我們的……」

——沒錯。

她的。你的。你們的。所有人的。

「——**冒險的，阻礙**……!!」

神氣（Flare）覆蓋了三千世界。

那在地面是耀眼如太陽的光芒炸裂，同時也是聖劍的降臨。

沒有聲音，沒有顏色。唯有一陣清涼的風吹過。

「……啊……嗚……？」

在這之中，微弱的聲音響起。但你不可能聽錯那個聲音。

白光刺得你頻頻眨眼，你呼喚她的名字——不是編號，而是她的名字。

趴在地上的女戰士拿橡木槍支撐身體，緩緩站起來。

她茫然地撫摸理應存在於喉嚨的傷口，一臉不敢相信的樣子看著你。

「治好……了……」

致命一擊（Critical Hit）與「核擊」造成的傷口癒合了。

你下意識撫摸脖子的傷口。之前留下的疤痕還在，不過只有這樣而已。

你自己受的傷——也不留一絲痕跡。

「哈哈……！哎呀，真厲害！去信奉至高神說不定也不錯哩！」

從地上跳起來的半森人斥候（Half ElfScout）大叫道，揮動雙手拿著的蝴蝶短劍。

「太不虔誠了。」蟲人僧侶（Myrmidon）慢慢起身。「我只信交易神。」

「我等繞行世界的風之神，尚請將氣流換個方向，假裝沒看見骰子翻了個面。」

他宣言的祝禱，確實帶來了字面上的結果。

剛才的戰況再慘烈不過。除了你以外，沒人有辦法好好戰鬥，必然全滅。

——看看現在。

大家都站了起來，大家都還活著。

「狀……」堂姊大叫著，咳了幾聲。「……況，如何……！」

——如妳所見。

敵方的戰力大大減弱。手下、武器、法術都一樣。我方則全員健在。

「呼…………」

雖說只有短暫的一瞬間，從至高神手中借來絕對武器的劍之聖女，吁出一口氣。

「我，很努力了。」帶著虛弱微笑說出的這句話，聲音細若蚊鳴。

她可是讓神明附身於身上。靈魂磨損了多少，你完全無法想像。

可是，她站著。站在地面上。以天秤劍為支撐，被堂姊攙扶著。

「我，還能戰鬥……！」

你回答「好」，你們重整隊形。

堂姊握緊短杖，掌握後方的指揮權，觀察使用法術的時機。

蟲人僧侶緩緩反手拿起蠻刀，敲了下嘴巴，判讀風向，祈求交易神的庇佑。

劍之聖女——女主教扶著天秤劍調整呼吸，用失明的雙眼瞪著戰場。

半森人斥候面帶輕浮的笑容，兩手拿著蝴蝶短劍，蹲低身子，尋找機會偷襲敵人。

女戰士看見身旁的人，露出宛如花朵綻放的微笑，甩動橡木槍擺好架勢。

然後，你率領同伴直接與敵人對峙，拿彎刀的刀尖指向他。

跟平常一樣。沒有任何差別。沒錯，什麼變化都沒有。

攻略迷宮。踏進墓室。殲滅怪物，獲得財寶，返回。

「看看你們……」

眼前的黑衣男——不，迷宮之主（Dungeon Master），手拿斷刀看著這邊。

那傢伙用斷掉的赤刃拍打肩膀，聚集剩下的影子，再度竊笑。

那已經不是人類的生活方式。

見鬼殺鬼，見神殺神，只懂得向前。

不是因為礙眼、擋路這種理由。

單純是想誇耀自身的力量及威嚴。

倘若只是這樣，還可以當成他只是淪落為魔劍妖刀的劍鞘（Sheath）。

但是——眼前的男子目露凶光。
彷彿只看得見打倒你們的未來。
那絕非純粹被劍操弄的愚蠢之徒的架勢。
而是被妖刀迷惑，將妖刀運用自如，得到永恆伴侶的可怕劍士。
——是修羅。
不是魔劍使，他已是只能以魔劍豪稱呼的存在。
不是刀鞘，是視死亡為必須之物的死須。
為了用劍砍人而毀滅世界。
就是這樣，這男人成了那樣的生物。
眼中只有勝敗——自己獲勝，擊敗敵人、殺死敵人的生物。
然而——你不會漏看他眼中的困惑。
「一副覺得自己會贏的樣子。嗯？」
不。
你果斷地回答。那傢伙說了什麼？太好笑了。
你。你們。
——是來冒險的……！

§

「殺……!!」

化身為魔劍豪的黑衣男揮下的赤刃，接連射出咒彈。

顯而易見，足以遮蔽視線的大量咒彈，各自寄宿著致死或威力相等的具有真實力量的話語。

你加以迎擊。

嘶。你在墓室的石板路上移動，往左，往右，不受拘束，自由自在地揮刀。

雖然剛才那天地人、運技體合一的境界逐漸變得模糊，你的劍是自由的。

唰，如影般的男子滑向你。那傢伙的攻擊範圍果然很窄。

這時，有個柔軟的東西射中你的刀，纏繞在其上。淡淡的蜜蠟香氣傳來。

「『阿爾馬（武器）……瑪格那（魔法）……歐菲羅（賦予）』！」

你的刀刃隨著堂姊高亢的念咒聲，燃起藍白色的原力（Force）燈火。在感謝她之前，得先把該做的事做好。

——給我力量！給我力量！給我力量！

你將彎刀旋轉一圈，彈走、擋住、架開赤刃，還擊，用力劈砍。

只看得見輪廓線(Wireframe)的黑暗墓室中，紅藍兩色不停交錯，令人眼花撩亂，相碰的兩把刀擦出火花。

——哈。

你笑了。斷掉的妖刀。磨損的彎刀。用那兩把武器交戰的高手與高手。

果然是五五開。你的技術、身體，剩下端看骰子的點數——不對。

「老大，厲害喔……！」

「嘿咻……！」

你使勁抬起刀刃，迅速退至後方，以拉開距離。

兩個人影立刻從兩側衝上來。三道銀光閃過空中。

劃出巨大圓弧的短劍及聖槍與赤刃正面相撞，彈開。

「喝、啊!!」

——攻擊太輕了。

斷成兩半依然銳利的妖刀，或者是黑衣男，不費吹灰之力便破解兩人精湛的聯手攻擊。

不過，那一瞬間。那一秒，就足以讓你喘一口氣。

吸氣，吐氣。你用手背將刀刃上的蜜蠟抹開，奔向前方。

「嘖，有夠難纏的……！雖然咱早就知道了！」

「六對一還贏不了呢！」

兩位夥伴與你擦身而過。敵人的咒彈緊接著襲來。你從夥伴手中接過阻擋敵人的任務，擋在前面。

右、左、上。你自在地揮動太刀，擊回猛烈的必殺咒術。

像在讓身體自由行動，像在隨心所欲使出招式，也像碰巧走運。

然而，你又度過了一個危機，守護眾人，逼近敵人。

迎擊一刀接一刀的赤刃，將刀刃彈開，然後立刻跟著揮刀。

「喂，要怎麼做！」你聽見敲嘴的喀嚓聲。「要回復，還是支援？我都可以……！」

「我正在想!!」堂姊尖聲回答。

這種時候最值得慶幸的——是你並非孤軍奮戰。

在交鋒的過程中，你能注意的是眼前的敵人，頂多再加上左右兩名前衛。

但你有個會在後方戒備周遭，觀察戰況，下達指示的夥伴。

——死前感謝她一句也不是不行。

抱歉，交給妳了。

你一面和敵人對峙，一面對堂姊大叫，聽見她輕輕倒抽一口氣，咬起指甲的聲音。

你無暇顧及後方。因此，你能知道的情報是傳入耳中的交談聲。

「啊——」

呼，呼。女主教呼吸微弱，似乎說了什麼。

堂姊認真傾聽，回問了一句，接著——舉起短杖吶喊。

「治療她和支援我們，兩邊都麻煩了！」

「明白！」

蟲人僧侶向交易神的祈禱，化為舒適的風吹向女主教。

祈禱應該無法補足消耗掉的靈魂。但足以喚回活力。

天秤劍發出清澈的鏘啷聲，你感覺到女主教站了起來。

堂姊對你吶喊：

「**以牙還牙吧!!**」

這句話的意思，跟她相處最久的你，怎麼可能不明白。

——你做得到，那傢伙做不到的事。

存在。

確實存在。

你喊道「麻煩了」。兩名前衛也明白了，明白了你的用意。

「好，交給咱唄！」

「嗯，就這麼辦……！」

「你們在……！」

只有那傢伙不明白。

話雖如此，你們也不是什麼都知道。

無須言語。堂姊想到了什麼主意。你決定付諸實行。

所以要請所有人協助。就這麼簡單。

這樣便足矣。

「——說什麼啊!!」

那傢伙用刀刃接住你的斬擊。刀身喀一聲咬住你的刀，激烈碰撞。

黑衣男加重力道，試圖壓制住你。彎刀嘎吱作響。不過。

——不會斷，不會彎曲。

因此，你。

「————!?」

忽然放鬆。往你這邊推擠的妖刀滑向空中，男子踉蹌了一下。

你在那個瞬間，使出渾身的力氣把彎刀往上抬。

「唔、啊……!?」

男子呻吟著往後跳。為了穩住失去平衡的身體，此乃正常的反應。

一對一的話，這個應對措施是正確的。可惜——並不是。

「……呵呵。」

女戰士性感卻天真爛漫的笑聲，搔弄你的耳朵。

她面帶笑容，輕輕於橡木聖槍的槍尖落下一吻。

然後踢起長槍。長槍在空中轉了圈，於她的掌中舞動。

「看仔細喔？」甜美的細語。「嘿——咻！」鐵靴的聲響。

儼然是戰女神之槍（Valkyrie Javelin）。

她踢出的聖槍化為瞬間的光芒，於黑暗中奔馳。

看見那束光的時候，已經來不及了。閃電追過了雷鳴。

「呃啊啊啊啊啊!?」

黑衣男一副難以置信的模樣吐出鮮血，終於看見貫穿腹部的槍尖。

消瘦的身軀隨著巨響砸在牆上，被深深刺進體內的長槍釘在上面。

「混帳東西！還沒，還沒結束……！」

他用鮮血淋漓的手想要拔出長槍，卻不得如願。

受到祝福的橡木槍，寄宿著交易神的庇佑。而那位神明的信徒就在此處。

「我等繞行世界的風之神！」

風吹。

一陣風憑空出現，吹進位於絕命異次元（Dead Space）最深處的這個空間，拂過臉頰。

清涼的風吹散籠罩墓室的黑影，於兩位少女身邊跳起舞來。

女主教和堂姊——兩人如同姊妹，牽著手站在那。

「『尚請將我的心送往彼處，他的心帶至此處』！」

蟲人僧侶的祝禱完成，引發「鎮靜（Transfer Mental Power）」的神蹟。

使用了大量的法術，疲憊不堪的兩位少女的精力，由心思不同於人類的蟲人僧侶給予補給。

短杖高舉。天秤劍揮下。詠唱的真言數量為三。使用的法術僅此一個。

「『溫圖斯（風）』！」

風啊！

「『流明（光）』！」

光啊！

「『利貝羅（解放）!!』」

我等的祈禱啊！

重合的兩句咒文，與充滿墓室的光及風一同掀起漩渦。

產生驚人的破壞熱量，直線解放開來——

——朝你一個人。

© lack

你用刀刃接住藍白色的火焰。熱度寄宿在其上，燈火燃起。

爆炎撲面而來，企圖吹走你的身體。雙腳滑動。你穩穩踩在石板路上。

調整呼吸，將熱風吸進肺部。握緊彎刀，再吸一口氣。

你突然聽見天上的擲骰聲。

有種諸神緊張得嚥下一口唾液，探出身子觀察盤面的感覺。

四方世界的中心——此刻就在這裡。

「咿咿咿咿咿咿咿咿咿呀啊啊啊啊啊！！！！！！」

你放聲咆哮。

無銘的彎刀描繪銀弧，斬裂墓室。

形似鳳凰，又像一條巨龍的劍氣，隨著這一刀掃過迷宮。

黑衣男架起斷掉的妖刀。可惜毫無用處。你知道。

——這男人砍不了法術。

「喔、啊、啊啊啊、啊!?」

噗哧。男人噴出有如黑墨的血液，身體大幅後仰。

砍中了。

砍中了男子——不只迷宮之主的骨肉，你砍中了罩在他背後的黑影。

砍中了死。

可是，然而——還剩下心靈。

你和那傢伙四目相交。他滿身都是骯髒的血液，兩眼卻炯炯有神。

他瞪著你，開口。從扭曲的嘴角，對你吐出詛咒——

「得手啦！！！！」

如影般衝過來的半森人斥候，割破他的喉頭。

不是用蝴蝶短刀。被銳利的手刀砍飛的頭部，像顆球似地「叩咚、叩咚」於地面彈跳。

男人的頭部滾遠，直到最後，臉上都帶著確信自己會勝利的醜陋笑容。

你吐出一口長氣，甩掉彎刀上的血，慢慢將它收入刀鞘。

劍鍔發出「喀嚓」的鳴聲。

墓室就此回歸靜寂。

§

「結束了————嗎……？」

語帶懷疑的呢喃，出自癱坐在地的女戰士之口。

以她的自言自語為契機，杵在墓室的你們猛然回神。

每個人都精疲力竭。雖說眾神的神蹟治好了傷口，你們畢竟剛經歷一場死鬥。

你吐氣，激勵差點站不住的雙腿。

你可是頭目（Leader）。就算要倒下，也得是最後一個。

「……………大概，吧。」半森人斥候低聲說道。「咱剛才太專注了，搞不清楚狀況。」

他用跟平常截然不同的緩慢動作，接近黑衣男的屍骸。

或許是因為他比平常耗費了更多的力氣在戰鬥上，不能怪他雙手的動作變得遲緩。

半森人斥候握住插在黑衣男屍體上的橡木槍，好不容易才拔出來。

「大姊，拿去。」

「……嗯，謝謝……」

女戰士接過他遞出的橡木槍，坐在地上把它抱在懷裡。

你看了那邊一眼，走向女主教。

要論疲勞度的話，最需要擔心的是她。

她讓至高神降臨於身上。

雖說充斥墓室的神氣在逐漸消失，神蹟對她造成的負擔，是你無法想像的。

聽見你的聲音，依然坐在墓室一角的她，愣愣地望向你。

「我還有種，輕飄飄的感覺……這裡……」

你關心她的狀態，女主教用如同在作夢的恍惚語調回答。

纖細白皙的手輕輕放到繫在平坦胸前的藍色緞帶上，她點了下頭。

「……好溫暖……嗯……大概……沒事。」

是嗎？你回答。然後輕拍她的肩膀說道「太好了」。

女主教想了一下這句話的意思，不久後——

「……是。」

露出宛如花朵綻放的微笑。

儘管她累得疲憊不堪，那無疑是你之前在寺院看見的微笑。

那個時候，那個瞬間，她的朋友一定也在吧。你隱約有種感覺。

「……真言還真耗精力。」

蟲人僧侶看準你們結束對話的時機，開口說道。

他在整個團隊(Party)中，看起來是體力消耗最少的，但他顯然也十分疲憊。

他靠在牆上抱著胳膊，擺動觸角敲打自己的頭部。

「有種腦袋被亂攪一通的感覺……虧妳受得了。」

「……因為，祝禱和神蹟一樣……都是神明的話語。」

女主教莞爾一笑。

魔法的才能，到頭來還是天分占絕大多數的比例吧。

跟你覺得自己再怎麼虔誠，都不可能有辦法直接向眾神祈願一樣。

正因為是對法術，對具有真實力量的話語略知一二的你，才會明白。

——堂姊的負擔想必也相當重。

而她的反應——

「……」

一語不發。

她仍舊緊咬下唇，臉色蒼白，拿著短杖。

沒有「結束了」的感慨心情。

你也一樣。

僅僅是埋頭揮舞彎刀，不斷向前衝。

這裡就是盡頭——就算有人跟你這麼說，沒辦法突然停下也是無可奈何。

因此，你想說些什麼，伸手拍堂姊的肩——

「——還沒結束……！」

咚。迷宮搖晃。

不是墓室。迷宮感覺彈了起來，彷彿擁有生命。

「哇……!?」

地板不停震動，如同野獸在搖晃身體。這聲尖叫大概是女戰士的。

你立刻跪在地上提高戒心，以保護好她，觀察周圍，好弄清楚發生了什麼事。

「次元要崩壞了……！」

——……什麼？

堂姊大叫道。

地鳴，正確地說是地震。在籠罩四周的毀滅性巨響中，她的聲音清晰可聞。

「不快點逃出去的話，大家都會被吞沒……！」

「逃出去……」

努力站穩腳步的半森人斥候四處張望，大喊道。

「沒看到出口啊！」

「沒有那男人用的小門之類的東西嗎……」

「……不知道！」

女主教搖頭回答蟲人僧侶的問題。

塵土紛紛從天花板落下，她設法環顧四方。

「不，說不定原本是有的，只是崩解、扭曲，已經……！」

那該怎麼辦？

女戰士無助地望向你。你毫無頭緒。但你不想講出來。

你輕輕握住她的手，絞盡腦汁。

跨越次元。扭曲。超越它。能做到那種事的方法，唯有一個——

——「轉移（Gate）」之術。

「…………只能這麼做了。」

堂姊喃喃說道，分不清是放棄了，還是下定決心了。

「轉移」。

失落的禁術之一——據說四方世界已經不存在會使用那個法術的人。

過去像要蹂躪四方世界般，大鬧了一場的魔法師們，最後使用的法術。

聽說……他們跟翻開卡牌一樣使用這個法術，穿越（Planeswalk）了。

因此，目前還留在四方世界的魔法師的終極目標之一，就是這個「轉移」。

或許建造這座迷宮的魔導士，也對次元動過手腳…………

不只是因為沒有資料記載這個法術是什麼樣的真言。

同時也不只是因為，這個法術屬於高難度的魔法。

曾經有位死靈占卜師出於傲慢，也用了這個法術，結果徹底消失，再也沒出現過。

你們不也在前往這裡的途中看見了嗎？

偶然觸發在遺跡運作的「轉移」機關的人下場如何。

自己想出現在何處，以什麼樣的方式出現。要於腦內想像座標極為困難。

因為，人類連自己身在何處都無法明確敘述。

「怎麼!?妳有帶卷軸嗎……!?」

然而，卷軸另當別論。

若是古老魔法師製造的卷軸，應該能瞬間從此處傳送到另一個地方。

那就快點用啊。半森人斥候大喊。

你看見墓室的一角，輪廓線已經如同崩解的沙堡，消失不見。

崩壞抵達你們的腳下時會發生什麼事，你實在不願意去想像。

「不……」

堂姊帶著宛如隨時會繃斷的弓弦的緊張表情說道。

「……**我要使用**。」

你心想，我就知道。

來到這裡的旅途中，最先發現次元扭曲的，不就是她嗎？

以魔神出現為開端，她覺得必須做點什麼，拚命研讀魔法書。

假如她真的抵達那個境界，也不奇怪。

因為就你所知，最優秀的施法者——除了她，不作第二人想。

「……你願意交給我嗎？」

所以，她面帶不安回頭看向你，你覺得非常好笑。
都這個時候了還問這做什麼——話講到一半，你突然想到自己幾乎沒有明白表示過。
堂姊眨眨眼睛。
你笑著對她說，要是連妳都做不到，還有誰做得到。
「……賭運氣的時候，妳從來沒輸過。」
蟲人僧侶感慨良多地說，把手放在堂姊肩上。
「我跟了。我可不想就這樣飛到次元的另一端。」
堂姊理解這句話的意思前，袖子被人輕輕拉了下。
「我也麻煩妳了。妳一定辦得到。」
女主教對一臉錯愕的堂姊展露微笑。
她應該是拿天秤劍作為支撐，費盡力氣來到眾人身邊的。
相較之下，半森人斥候的動作實在靈活。
「咱束手無策。剩下只能靠偉大的神明和偉大的大姊囉。」
他也輕快地走到眾人旁邊。
然後抱著胳膊緊閉雙眼，甚至挺起胸膛，光明正大地說：
「來吧，趁咱還沒嚇到腿軟，給咱一個痛快！」

唉，真是的！真不知道這輕浮的態度救了你們幾次。

但他或許真的在害怕。你咧嘴一笑，他也跟著咧嘴一笑。

沒錯，都可以。

「……而且，就算被傳送到奇怪的地方，也是一起嘛。」

女戰士也牽住你的手，緩慢起身。

面對劇烈的地震，她依靠的是橡木槍，還有你。

她像在依靠你，又像在扶持你似地握著你的手，抬頭看過來，拋了個媚眼。

「那就不可怕。」

——就是這樣。

你整理好眾人的意見，對堂姊聳肩。

剩下交給妳了。靠妳了。用言語來表達，就這麼幾個字。

然而，這樣應該就夠了。硬要說的話，沒錯。

——就算失敗也不會怪妳。

頂多只有這句話。

直盯著你的堂姊，眼神浮現一絲動搖。

不安及恐懼，或是對自身的不信任，在眨眼的過程中消失。

剩下的是一如往常——總是信心十足的，她的回答。

「……嗯！」

墓室的輪廓線已經徹底崩落。

你們杵在黑暗的正中央，唯有腳下的地面告訴你們自己站在何處。

不過，你們是最初也是最後攻略這座「死亡迷宮」的六人。

既然如此，發生什麼事都不足為懼。堂堂正正地冒險即可。

你們互相對視，點頭。那就是信號。

堂姊舉起短杖——高聲吶喊三[Z]個具有力[E]量的話[D]語。

§

藍色。

你首先認知到的是藍色。

接著是飄浮感。墜落。衝擊。

全身麻痺，彷彿摔在了地上，某種黏稠的物體把你包覆住。

——下沉。

好冷，無法呼吸。周圍一片昏暗，身體重如鉛塊。

纏上身體的東西，將你往下方拖去。

張開嘴，不明的物體便灌入口中，讓人有種被黏菌(Slime)抓住的錯覺。

你拚命掙扎，有人握住你的手尋求依靠。是女戰士。你回握她的手。

你試圖將她拉起來，手臂突然穿破那層膜。身體一口氣升起。

瞬間，眩目的陽光及新鮮的空氣、風，一口氣淹沒你的五感。

——是地面。

「咳……咳！嗚、嗯……」

女戰士劇烈咳嗽，你摸著她的背環視四周。黏菌——不對。是水。

看來你們跳進了被石牆圍住的水中。

——不，更重要的是。

大家呢？都平安無事嗎？

「現、現在是啥情況……!?」

「喂，該死……！我不會游泳……！」

「哇啊……!?」

水花濺起，變成落湯雞的其他成員接連把臉探出水面。

他們跟你們一樣不停咳嗽，或者從氣門吐出水，似乎沒有溺水的跡象。

就在這時——

「你、你們從哪冒出來的……!?」

抬頭一看，石造城牆上有一名神情驚愕的士兵。你們目光相交。

你詢問這裡是哪裡，他困惑不已地回答：「護城河啊。」

周圍變得有點吵。

好像是聽見騷動聲的人湊過來看戲了。

從石牆——護城河上探出頭的，是隨處可見的村民。

那名戴著兜帽的情報屋少女的身影瞬間閃過其中。

城塞都市的，護城河——

「……我搞錯了！」

悠哉的、開朗明亮的聲音。

堂姊發出可愛的吐氣聲，終於冒出水面。

「從地下十樓往上飛十層樓，原來會跑到空中呀！」

她臉不紅氣不喘地說，你該對她說的只有一句話。

——妳這個白痴的**再從姊**!!

「你不是答應我不會怪我嗎!!」

太過分了！笑聲以她的抗議為開關，從你口中傳出。

看你笑得停不下來，錯愕地睜大眼睛的她，也立刻笑出聲。

止不住的笑聲。

你們六位冒險者，在護城河中頂著一張溼漉漉的臉，捧腹大笑。

女戰士擦著眼角的淚水，女主教掩嘴笑得肩膀打顫。

半森人斥候大笑著叫看熱鬧的人拿繩子過來，蟲人僧侶敲擊嘴巴。

既痛快，又愉快。還有比這更好笑的事嗎？

碧空如洗，萬里無雲。

「莫非你真以為我是貧窮貴族家的三男？」

多虧長年培養起來的自制心，你只是對這名年輕國王露出惡狠狠的笑容，沒有多做其他表示。

初次踏進的城塞都市中心，是質樸剛健、堅固的城郭。

不像是為了抵禦蜂擁而至的死亡緊急建造的據點，而是為戰爭而準備的威武石造城塞。

據說這座城塞出自矮人之手，時至今日，它卻被裝飾得金碧輝煌。

牆上的掛毯上織的，大概是身為八德化身（Avatar）的英雄從地獄帶回星霜之書的模樣。

或是為了拯救被混沌化身封印的灰色魔導士，潛入迷宮的人們。

你們緊張地站在鋪在地上的高級紅毯上。

雖說費了一番心力整理好儀容，你們本來可是穿著在迷宮裡撿到、在商店買來的雜七雜八裝備的一群人。

實在掩飾不住冒險者的身分。

女主教（Bishop）表現得泰然自若，堂姊和蟲人僧侶（Myrmidon）一副不在意的樣子。

你和女戰士，還有半森人斥候（Half Elf Scout）的表情，則不得而知。

因為面前這個人——雖說是你認識的人——竟然是剛即位的國王！

從結論來說。

金剛石騎士封印住王都出現的魔穴，為王都取回和平。

前任國王駕崩了，很不幸地被從魔穴噴出的死亡奪去性命。

對外是這樣宣稱的。

服從迷宮之主（Dungeon Master）的不死王（Vampire Lord），被金剛石騎士一行人消滅了。

這樣就好。世上也是有那種不必特地大肆宣傳的冒險。

至於你們——

「那麼，各位冒險者。」

告知任務結束的樂曲高聲奏響，你們走到年輕國王面前。

國王手中的小盒子，裝著閃耀金色光輝的金屬板，他恭敬地用雙手捧起來。

「在此授予諸位金等級的識別牌。」

鍊條發出細微的鏘啷聲，掛在低垂著頭的你的脖子上。

「胸懷驕傲，戴在身上吧！」

你回應這句話，遵循禮節——跟事前聽過的說明一樣——做出回應。

聚集在典禮廳的人們，為你們的一舉一動大聲歡呼，讚頌你們的豐功偉業。

六英雄(All Stars)。

那就是你們獲得的稱號。

打倒潛伏於「死亡迷宮(Dungeon of the Dead)」最下層的罪魁禍首，拯救世界的偉大冒險者。

——話雖如此，你們的內心並未因此產生劇烈的變化。

在城塞都市裡面，等級毫無用處。獲得了金等級的稱號也沒什麼實感。

而就算被人喚為英雄，你們終究是平凡的冒險者。

硬要說有什麼變化——

「要怎麼處理這五萬枚金幣咧……」

離開典禮廳的下一刻，半森人斥候深深嘆息，手裡拿著一個皮袋。

上面烙著王國紋章的皮袋既隆重，又沉重。

沒辦法。因為裡面裝滿白金製的貨幣。

連這一筆錢，都只是用來在典禮上賞賜你們而分出來的一小部分。

一想到別的房間還有堆積如山的金幣在等待你們——會不知所措很正常。

即使去迷宮大撈一筆，也很難賺到高達膝蓋的金幣山。

「總之先吃點好吃的吧！」

「吃不完吧。我認為還是保守一點，拿去投資或買賣……」

「這叫保守嗎……不，從交易神的角度來看，或許是對的……？」

女主教微微歪頭。沒必要急著用掉。

或者可以寄放在王宮。這好像是白金等級勇者傳承下來的傳統。

該如何使用，之後再仔細考慮就行——你忽然移開視線。

女戰士凝視的走廊角落，有一股氣息。

氣息——氣息嗎？你微微一笑。現在的自己，感覺得到氣息這東西了。

那股氣息來自嬌小的銀髮少女。

她身穿嶄新、正式，看起來穿不太習慣的侍女服，快步走向女戰士。

「幹得不錯嘛。」

「……嗯，我做到了。」

兩人拳頭輕碰，如同姊妹似地相視而笑。

不對——

既然她們是同一間孤兒院出身的，兩人確實是姊妹沒錯。

女戰士看見銀髮侍女身上燙得平平整整的制服，像隻貓一樣瞇起眼睛。

「這身衣服好不適合妳。」

「沒關係啦，我之後會讓它變得適合穿在我身上的。」

除了噘起嘴巴鬧脾氣的模樣外，她臉上依然掛著聰慧的表情。

可是——攻略王宮的魔穴，之後再與死亡大軍決戰，不可能輕鬆到哪去。

若你們六個是英雄，金剛石騎士的團隊無疑也是英雄。

今後，他們想必會代替遭到掃蕩的王宮政治要員處理政務吧。

聽說也有人表示不適合自己，推掉了職位，然而——

——推掉也就算了，竟然跑去當侍女。

「假如沒有我，那個人早就死了。拿他沒辦法。」

金剛石騎士的團隊中的第七名冒險者如是說道，裝模作樣地聳肩。

——哎，未來應該也有得忙的。

趕來參加典禮的貴族中，有幾個像戴著面具一樣面無表情的人。

他們肯定在拚命克制不要擺出一張臭臉。

好處全被以冒險為樂的蠢貨搶走了。

對於那些只會想到自身利益的人來說，八成會把仇記在心裡。

總比要小心在地下迷宮中遭到偷襲來得好。

「是沒錯。」

銀髮侍女聞言，點頭贊同。

「那妳要照顧他囉？」

「是有這個打算。」

面對女戰士的疑問，銀髮侍女依然冷靜沉著。

但剛才衣服被取笑一事，她似乎還在記恨。

銀髮侍女一副逮到機會還擊的態度，臉上浮現冷淡又柔和的微笑。

「妳也加油啊。」

聽見這句話，女戰士露出什麼樣的表情。

特地去看未免太不識趣。

§

「……咱們是不是發財了？」

連長時間住在這裡的你們，都從未見過城塞都市這麼熱鬧。

不只是因為和平的到來。

在興奮地嚷嚷著要慶祝、辦祭典的人們中，也有新的冒險者。

沒錯，被「死亡迷宮」吸引，新來到這座城塞都市的冒險者。

理由只有一個。

可能是因為你們逃出來的時候，地下深處的次元崩壞了。
人們發現了五樓到八樓，疑似古代寶物庫的地區。
以死亡之力製造財寶的男子，已經不在這個世上。
古代的財寶並非無窮無盡。在不久後的將來遲早會被洗劫一空，徹底枯竭吧。
不過──在那之前，至少這段期間，這座城市似乎還是冒險者的聖地。
愈接近酒館，這樣的氛圍就愈強烈，你點頭對斥候說「嗯，就是吧」。
至少你們獲得的金幣，並非一般冒險者賺得到的金額。
就飛黃騰達而言，某方面來說，甚至可以視為暫時「圓滿」了。
「……是啊。」
半森人斥候神情嚴肅地嘟囔道，在黃金騎士亭前面停下腳步。
「欸，咱有點事要去酒館，你們可不可以先過去？」
他如是說道。
剩下五人不禁面面相覷。
從來沒看過他這種表情。嚴肅歸嚴肅，卻不嚴重。
──我們能幫上忙嗎？
「不。」他甩手回答你。「不由咱自己處理，就沒意義。」
那就這樣吧。你回答「明白了」。

「那，」女主教點頭。「我去寺院打聲招呼。」

「我也是。」

女戰士接著說。她抱住片刻不離身的橡木槍，揚起嘴角。

「……得仔細跟姊姊報告才行。」

在她臉上，看不見曾經的哀傷及憂鬱。對你來說值得高興。

「嗯——我想在街上多逛一下。畢竟機會難得！」

「那我就跟著吧……」

放堂姊獨自亂跑，著實令人不安。

蟲人僧侶願意陪同，你十分感激。

「要怎麼做，一起嗎？」

你都可以嗎？蟲人僧侶聽你這麼說，敲了下嘴巴。

機會難得。你說。你也有幾個地方要去。

你提議在這邊暫時解散，其他人似乎沒有意見。

眾人紛紛說道「等等見」，分頭離去。

半森人斥候瞥向最後離開的你，點頭。

「失敗的話記得安慰咱。」

你說「我會的」，他笑著回答「那咱走囉」，踏進酒館。

你目送他離去——吐出一口氣。

在前往下一個地點前，你不經意地看向「黃金騎士亭」和出入其中的冒險者。

每天你們都會來到這裡。

那座馬廄和簡易床鋪，在真正意義上是你們的被窩，不過。

——要說休息處的話。

是這裡。

跟人商量、閒聊、吃飯、歡笑，吐著氣說「總算回來了」的地方，是這間酒館。

但你們應該不會再來到這裡了。

這時————

「我是來找姊姊的。」

你忽然聽見這句話。

回頭一看，以年紀來說身材偏高的少年，與夥伴一同走在大街上。

看他帶著年齡相近的少女們，以及身穿黑外套的高大斥候，推測是冒險者。

「原來如此。如果你姊去了城塞都市，成為冒險者是最快的。」

「是的，而且魔法那類的才能，在孤兒院不會有太好的評價——」

「在迷宮說不定就能闖出一片天囉。」

「對呀，世界滅亡的危機也未必真的解除了……」

「站著聊天不太方便。先去喝一杯再說也不遲。」

位於中心的那名年輕人，疑似是魔法師。

曾經看過的桃紅色頭髮少女的面容掠過腦海。

你看見他們一大群人走進酒館，坐到桌前，叫住女侍點餐。

是一直以來，由你們使用的圓桌。

——希望他能找到姊姊。

你打從心底這麼相信，慢慢在城塞都市的人潮中邁步而出。

§

「還以為你再也不會來這家店了。」

仍舊昏暗，宛如地窖的武器店深處，店長停下在打鐵的手望向你。

這可不是貴為英雄的冒險者該來的店。聽見語帶調侃的這句話，你聳聳肩膀。

至少為那名英雄打理武器的是這家店，大可引以為傲吧。

「才差個幾天，哪會突然有什麼改變。」

是沒錯。

你哈哈大笑，與武器店店長閒話家常。

一下聊到生意如何，一下聊到迷宮的情況。

簡直像明天又要潛入地下迷宮，店長卻笑著搖頭。

「我暫時還會留在這邊賺錢。等客人變少再遷去邊境吧。」

——是嗎？

總有一天，這座城塞都市的財寶枯竭時，眾人都會離開此地，前往他處吧。

黃金騎士亭也好，這家武器店也罷，全都會離開。

你正準備想像成為廢墟的都市，決定中斷思緒。

那也要等到好幾年以後。不是能輕易想像的事。

至少就算淪落到那個地步，這座都市也會有某種冒險吧。

只有這一點可以確定。你邊想邊輕拍腰上的刀鞘。

——想買一把彎刀。

「怎麼？搞壞了嗎？」

嗯。你點頭，簡單跟他敘述在地下迷宮最深處發生的戰鬥的大致經過。

店長雙臂環胸認真傾聽，皺著眉頭咕噥道：

「原來如此。雖然有點難以置信——說謊對你也沒好處。」

語畢，店長用粗糙的手指指向掛在店裡的刀劍類。

「挑一把喜歡的吧，你自己開個價。」

你向他道謝，他冷淡地說：

「這是餞別禮。都是你害我丟掉好不容易撿到的飯碗。趕快把東西買一買，然後滾出去。」

真是貪心又性子倔的人。你和店長相視而笑，望向狹窄小店的門口。

不曉得是店長在那之後鍛造的，還是從其他地方調來的貨。

那裡有好幾把細長的彎刀——跟你使用的刀類似的武器。

你隨便拿起一把，將刀身推出刀鞘口，檢查狀態，握住刀柄感受手掌是否拿得習慣。

試了幾把後，小小的身影突然鑽進店內。

「打擾了。」

「幹麼，小妹妹，妳又來啦。」

店長語氣無奈。你也認識那位少女。

讓姊姊幫忙綁好黑髮的小女孩。那名近衛騎士的妹妹。

看到你，她發出「哇」、「啊」之類的驚呼聲，扭扭捏捏地低下頭。

你感到難為情，搔了下臉頰。

就算其他人讚頌你為英雄那些的，你也沒什麼真實感，可是遇到崇拜自己的少女，實在是。

「我知道妳想買劍，但那對妳來說太早了吧。」

「但是……」

被店長勸阻的少女瞄了你一眼，小聲咕噥道。

「……我想現在開始練習，變得更強。」

——想要變強啊。

你因為這句話而露出複雜的表情。

變強、獲勝。那絕非壞事，然而——

店長不曉得是不是察覺到了你的心情，撐著頰和氣地對少女說：

「會被姊姊罵吧？」

「就算會被姊姊罵……也沒關係。」

少女說道。用年幼、青澀、沒嘗過現實的滋味、不切實際，卻真誠的語氣說道。

「我想成為一個厲害的冒險者。」

——你吐出一口氣。

只對勝利有興趣的那名男子的來歷，你無從得知。

這個世界上的任何人都不知道。什麼都沒留下。

那麼——你又如何？

和那男人不同，高聲歌唱的你。

思及此，你自然地卸下腰間的彎刀。

默默遞到年幼的少女面前。

「咦——？」

她困惑、茫然地抬頭看著你，視線移到彎刀上，不知所措。

然後，她戰戰兢兢用雙手捧著接過彎刀——為它的重量驚呼，身體倒向一旁。

你笑著單膝跪到地上，彎下腰。與少女圓潤的眼睛四目相交。

你說。

此乃打倒死亡的元凶，將他的太刀砍斷的彎刀。

——是把不會斷、不會彎曲的好刀。

所以，妳絕對會贏。

「……是的！」

這句話，不知道少女理解了多少。

可是，她臉上漾起燦爛的笑容，抱緊從你手中接過的彎刀，笑得很開心。

你用手指梳理她的黑髮，揉了下她的頭，慢慢站起來。

「……幹麼妨礙我做生意。」

店長笑道。你笑著聳肩。

你買了一把彎刀。幫那女孩把刀修理好，稍加研磨也不為過吧。

「畢竟我都叫你自己開價了。」

就是這樣。你說，從木桶裡拿出一把彎刀。

無銘的，平凡無奇的彎刀。你認為，這一把最適合用來當新的配刀。

「砍斷妖刀的刀啊。」

你將金幣放在櫃檯，店長瞄了少女懷裡的刀一眼。

她提心吊膽地拔出來，仔細端詳的，是原本由你使用的那把刀。

少女彷彿在凝視英雄的勳章，盯著刀身正中央的一小道缺口。

將來，那把刀是否會掛上新的勳章？

少女的名字，是否會由敘事詩傳頌？

那是很久以後，你和店長都不會知道的事——

「這不是冒險譚，而是奇譚。城塞都市的……冒險奇譚。」

店長揚起嘴角。

§

於城塞都市閒逛的你，最後來到的是交易神的寺院。

漫長的階梯，上方的風車依然在喀啦喀啦地轉動。

一陣風吹過，吹過爬上階梯的冒險者頭上，於城市繞行。

一如往常的光景。你一步又一步，穩穩爬上石階，朝寺院前進。

不可思議的是，這讓你想起至今以來在迷宮走過的路。

在地下一樓與小鬼和黏菌（Slime）交戰。

在地下二樓與那些初學者獵人交鋒。

在地下三樓與可怕的忍者們戰鬥，經歷生死關頭。

在地下四樓展開迷宮探險競技，與那個團隊（Party）一決雌雄。

在地下九樓對抗從異次元出現的魔神，成功驅逐他們。

然後是，地下十樓。

除此之外，你們還經歷了許多冒險。

全是多虧在這座城市遇見了那幾位夥伴。

而交易神同時也是掌管邂逅與離別的神明，既然這樣——

「噢，你終於來了。」

應該是託了這名扠著腰俯視你，板著一張臉的修女的福。

你搬出「我在四處走走」這個聽起來像藉口的理由，跟在她身後。

你們並沒有約好。

但你隱約有種感覺，只要來到這個地方，應該會看見她在等你。

「你的同伴不久前來過，已經回去了。」

修女或許也有同樣的想法。

看都不看這邊一眼，走在前頭的她，往寺院深處、無人的地方前進。

街上熱鬧不已，湧入寺院弔祭死者和治療傷勢的人，應該還不多。

「她想請我幫忙封印地下四樓……通往那座不祥祭壇的道路。」

——啊啊。

原來女主教的請託是這個。

那裡是朋友的安息之地，而且也不能讓惡徒利用那個地方。

之後想必會有試圖打破封印的人。不是能百分之百防止。但有總比沒有好。

累積在一起的這些事，是你們冒險的全部。

「所以？」

在鴉雀無聲的寺院中，她轉身看著你。

「────你來這裡有什麼事？」

她的表情冰冷又帶有一絲嘲諷，某種情緒在眼底若隱若現。

你緩緩吐氣，告訴她沒什麼，只是來向她道謝。

那如冰般的美貌立刻綻放笑容。

「要布施的意思嗎！好的，好的，非常歡迎。」

對。你點頭，將一袋金幣放到祭壇上。

────畢竟我還沒付情報費。

「────────」

修道女頓時停止動作。

銳利的視線刺在你身上。你承受住她的視線，回望她。

喀啦喀啦，風車在寺院上方轉動的聲音傳來。風在吹。

「…………唉……」

不久後。

修女深深嘆息，拿下頭巾，揉亂那頭銀髮。

「我一直有在注意不要露出馬腳。真是的，你的眼睛是有多利呀。」

她的語氣有幾分隨便，聽起來像在稱讚你，卻又一如往常。

然而，你在她身上隱約看見那抹被外套遮住的淘氣微笑，下意識將疑問說出

© lack

口。

——哪邊才是妳的本性？

「我不會在神面前偽裝本性。」

問這什麼問題。修女嗤之以鼻，對你投以鄙視的目光。

「接獲神諭，不著痕跡地將情報透露給值得信賴的冒險者。那就是我的職責。」

神明——天上的諸神，絕對不會妨礙四方世界的祈禱者的自由意志。

全部的行動都是由人類自己憑藉自身的意志決定，才有意義。

不過，需要情報來引導他們的行動、決策。

有些情報是人類終究無法得知的。

面對世界的危機——應該也會有反對隱瞞這些情報的神明。

這個做法很符合懂得變通的交易神的作風。

話雖如此——修女聳了下肩膀。

「事實上是我對你們有所期望。或許我太過深入了吧。」

交易神同時也注重交易的公正性，身為祂的信徒，這麼做是否有失公允？

我得好好反省。自我警惕的修女，帶著與年齡相符的表情展露微笑。

她的頭髮蕩起波紋，向你深深一鞠躬。

「謝謝你們拯救了世界。」

這沒什麼。你回答。你們只是做了想做的事、該做的事而已。

「做得到的人也不多。」

修女靜靜抬頭。從禮拜堂的彩繪玻璃窗照進的陽光，為她塗上七彩的顏色。

身為交易神聖女的少女在保佑你們。原來如此，這樣哪有道理會輸？

她聽見你這麼說，無奈地嘆氣，輕聲說道：

「對了，你什麼時候發現的？我想作為將來的參考。」

嗯。你點頭。

「蘇生(Resurrection)」儀式時看見的胸部實在很美，令人印象深刻。

你不可能認錯。

「————」

修女一臉錯愕地盯著你。

下一刻，雪白的臉頰瞬間染紅，你第一次看見她羞得不知所措的模樣。

「你……這個人！滾出去！該死的叛教者!!」

香爐灑著灰飛過來，你低頭閃躲，飛奔而出。

穿過禮拜堂，來到寺院外，跑下樓梯。藍天及微風。不停奔跑的你身後，傳來輕快的笑聲。

「將來再見————我會去跟你收觀賞費的，給我記住！」

§

就這樣，你在城塞都市要做的事都做完了。
帶著行李，腰間佩帶彎刀，沿著跟以往相反的方向走向大門。
路上，你和跟平常一樣身穿軍裝的那名近衛騎士擦身而過。
她好像又要負責在迷宮前面站崗。
「看來短時間內離不開這裡囉。」
她笑道，希望這座迷宮不要在我妹進去前枯竭。
不好說。你露出似笑非笑的笑容。無論如何，那名少女都一定會成為冒險者。
「再見囉，頭目（Leader）——你們是個好團隊（Party）。」
她最後留下這句話，拍拍你的肩膀，指向大門。
「人已經到囉。」
過去三個人一起穿過的大門，如今有五位同伴在那裡等著你。
「欸，你怎麼那麼慢？」
女戰士雙臂環胸，一看到你就像在鬧彆扭似地噘起嘴巴。
你向她道歉，跑了過去，現在回想起來，這好像是你第一次看到她旅行的裝束。

有如隨處可見的村姑——然而，這才是她原本的氣質吧。

說是這麼說，手中的橡木槍同樣也反映了她的本質就是了。

「我都等到不耐煩了。有個人自己在那邊興奮。」

「太棒啦！」

這聲歡呼出自誰口中自不用說，是半森人斥候。

難得看見這麼適合用欣喜若狂形容的人——是說，怎麼回事？

為何他看起來顯然比順利攻略迷宮時更開心？

「嘿嘿，這樣咱也是有伴的人咧!!」

——唉唷。

你忍不住驚呼，女主教也把手放在臉頰上，靦腆一笑。

「很驚訝對吧。他好像愛慕著酒館的女侍小姐……」

「噢，那位獸人嗎！」

可喜可賀！堂姊接著說。

原來如此。你一副滿不在乎的模樣感嘆道。

仔細一想，迷宮內外的情報總是由他收集。

情報網的成員之一，就是酒館的女侍吧。

你誠心認為這是件可喜之事。

不接受人家招待的水果，踏踏實實建立關係，很符合這位半森人的個性。

「意思是你不幹了？」

蟲人僧侶晃動觸角詢問，半森人斥候搖頭回答：

「不，她叫咱再去多賺點錢，所以咱還會再當一下冒險者。」

「你是不是被騙了呀？」

「唉唷……！」

女戰士淘氣地笑著捉弄他，半森人斥候哀了聲。

一如既往，吵鬧、熱鬧的對話。

這樣的互動能持續下去——值得感激，可是。

「我都可以。」

蟲人僧侶彷彿猜到你的疑問，開口說道。

「回故鄉傳教也好，繼續增廣見聞也不錯。」

既然如此。你拍了下那位可靠戰友的肩膀，告訴他。若你願意跟來就太好了。

「有趣的話，沒理由拒絕。」

「我也是……」

女主教也握緊胸前的藍色緞帶，對你訴說。

「……我想連同大家的份，做更多、更多……更多的事。」

她的使命，是成為拯救世界的英雄。

如今這個使命已經達成，再也沒有東西能夠束縛她。

儘管如此，她依舊選擇繼續前進——無疑是女主教自身的意志及決定。

你收下她的心意，她嘴角掛著笑容，點頭說道：

「是！」

那麼——問題就在這個悠閒地看著這裡發呆的堂姊身上了。

她一臉「姊姊好高興」的樣子竊笑著，這傢伙明白自己的處境嗎？

這樣子的人竟然是四方世界首屈一指的魔法師、穿越者（Planeswalker），世界要滅亡了。

「就算你這麼說，姊姊還會擔心你耶？」

可惡的**再從姊**。她聽了咯咯笑著，將短杖拿在手中把玩。

「而且四方世界還有一堆我不知道的事。應該可以把『傳送』的目的地設定在更遠的地方！」

「傳送」可不是那麼隨便的魔法，但確實很像堂姊會做的決定。

世上那些以抵達棋盤之外為宿願的魔法師聽見，不知會作何感想。

然而，正因為是那些人才無法抵達這個境界，正因為是堂姊，才有辦法抵達這個境界吧。

你沒有說出口。你覺得即使沒說出口，八成也傳達得到。

真是，就是因為這樣，你才拿**再從姊**沒轍——

你抱怨著往旁邊看，與女戰士的紫眸目光相接。

她優雅地撩起頭髮，仍然對你噘著嘴。

「你想逼我說出來嗎？」

不。你搖頭。你想當開口的那一方。

——希望妳一起來。

短短一句話。

短短一句話，令女戰士眨了下眼睛，揚起嘴角。

「……嗯！」

於是，六名冒險者再度齊聚一堂。

你，你們緩緩穿過大門，離開城塞都市。

前方是漫無邊際的四方世界。

面對廣闊的世界，你忽然想到一件事。

——那一刀究竟能不能稱為奧義？

不，你笑著搖頭。有這種感覺正象徵了自己的不成熟。

所有習武之人，在戰鬥中掌握一閃而過的光芒，將其研發成招式。

既然如此。

那一招並非祕劍。

僅僅是成為祕劍的過程(Distance)。

現在開始，你大可前往會噴火的山，前往命運森林也無妨。

「死亡迷宮」的冒險已經結束，前方有數不清的全新冒險在等待著你。

這是三十三個戰鬥與冒險(Fighting Fantasy)中，最初的一個。

僅僅是數量超過六十後，仍在持續的你成為英雄的故事(Un livre dont vous etes le heros)的其中之一。

再會了！希望你的下一場冒險精采刺激！

我誠心祈願，將這句話贈予你。

——好了，翻開書頁吧！

© lack

後記

大家好，我是蝸牛くも！

《鍔鳴的太刀》下集，大家還喜歡嗎？

這一集我寫得很努力，如果各位看得開心就太好了。

仔細一想，來到了很遠的地方啊。

沒喝土星先生的咖啡也會有這種感覺，是為什麼呢？（註1）

是因為身為一名作家，我第一次明確地抵達了所謂的最終集嗎？

還是因為這個故事的開頭，要追溯到二〇一四年呢？

沒錯，《鍔鳴的太刀》剛開始是我在網路上寫好玩的故事。

不過因為各種原因，中斷了五年左右。

註1　遊戲《地球冒險2基格的逆襲》中，喝了土星先生給的咖啡後，會出現以「仔細一想，來到了很遠的地方啊」為開頭的一段文章。

將其寫成小說重新出發到完結，過了三年……

這三年之間，也有過寫到一半人家叫我以其他作品為優先，只好暫時停筆，之後再繼續寫的時候……

走到這一步花了八年。

在這段期間，我成為了作家。

仔細一想，來到了很遠的地方啊。

總而言之，因為中間發生了這些事，有些地方跟原本的劇情不太一樣。

因為本來的故事是用骰子決定劇情走向的。

有人在意想不到的情況下送命、不知為何一直被黏菌纏上、不小心差點死掉。

骰子帶我看見我意想不到的發展。

中斷的地方是在，沒錯。女主教（Bishop）過去的團隊出現在「你」面前，與「你」對決的那部分。

但之後繼續寫的時候，得靠我自己處理之後的劇情。

怎麼辦——我心裡這樣想，卻還是下定決心，寫了原本想寫的故事。

或許會有人比較喜歡之前的劇情。

可是希望大家把它當成有劇場公開版和特別版兩種版本，享受本作的劇情

（註2）。

我自己也非常喜歡劇場版在森林的樹蔭下哎唷喂呀嘿（註3），然後接圓滿大結局的漂亮收尾。

不過波巴·費特在特別版的戲分比較多，我看得高興到不行。

就是這樣。大概。

本作是「你」，也就是「您」成為主角、成為英雄的故事。

靈感來源是促使我走上歪路的《Sorcery!》這部作品。

能讓獲得它的人當上偉大王者的魔法「王冠」，被大魔王搶走。

大魔王的城堡位於怪物橫行的荒野另一端，沒辦法派軍隊過去。

因此就輪到冒險者——「你」，「您」出場了。

穿越有盜賊在徘徊的山丘，攻略可疑的城塞都市，剿滅大魔王派來當刺客的大蛇……

這樣的冒險旅程，令年幼的我興奮不已。

註2　指電影《星際大戰》。
註3　出自日本童謠〈森林小人〉的歌詞。

雖然過了很久我才買到第二集！

有些遊戲書的背景，會設定成跟《Sorcery！》是同一個世界（也有很多不同世界觀的作品）。

那些無數的故事、冒險，成了使我走偏的重要因素。《Sorcery！》對我而言，儼然是赤銅色的書（註4）。

除此之外，《巫術》這款遊戲也對本作影響深遠。

無名的冒險者「我」，和夥伴一同攻略看不見盡頭的迷宮。要召集什麼樣的夥伴、展開什麼樣的冒險，全看「我」的想法。帶著一身灰一步步往深處前進，只屬於自己的故事。以及許多冒險者各自的故事。每個故事都精采有趣。

也不能忘了《羅德斯島傳說》。

《哥布林殺手》這個故事，還有一部名為《第一年》的外傳。

註4　德國作家麥克・安迪的著作《說不完的故事》中，主角巴斯提安發現一本名為《說不完的故事》，封面是赤銅色的書。

這是主角過去的故事。既然如此，當然要叫做「第一年」囉。

另一個是作為故事舞臺的世界過去的故事。在與魔神王的戰鬥中，發生了什麼？

那就是對應「戰記」的「傳說」了。（註5）

應該來寫六英雄（All Stars）的故事。我是這樣想的。

基於以上的原因，我受到自己接觸的眾多作品的啟發，完成了《鍔鳴的太刀》。

仔細一想，來到了很遠的地方啊。

來到這裡的路途，實在不是我一個人有辦法走完的。

從八年前的WEB版開始就在閱讀本作，支持本作的讀者們。

覺得這個故事有趣，幫忙統整的統整網站的管理員大人。

協助本作問世的GA文庫編輯部的各位。

以及其他與本作有關的出版，通路、宣傳、販售的各位。

提供美麗插圖的lack老師。

註5　《羅德斯島傳說》描寫的是《羅德斯島戰記》中提到的六英雄與魔神戰鬥的過去。

繪製漫畫版的水口鷹志老師、青木翔吾老師。

陪我聊了許多的朋友、陪我一起玩的朋友，一直很謝謝你們。

八年來與我共同冒險的五位同伴。

還有「你」。

拿起這本書冒險，拯救世界的「你」，「您」。

託您的福。

真的感激不盡。

還有，恭喜您。

這個故事結束後，您肯定還會繼續冒險吧。

也許是遊戲、TRPG，或是遊戲書。

我目前是想當決鬥者或國王。

可是我有很多東西要寫，似乎沒那麼多時間。

那些寫出來的、沒寫出來的故事多不勝數。

值得感激。也有種快要口吐白沫的感覺。但我會加油。

因此，在您的冒險途中，我們應該也會在某處相遇吧。

但願會是場精采刺激的冒險。

對我來說，此乃望外之喜。

那麼，再會。

浮文字

GOBLIN SLAYER 哥布林殺手外傳2：鍔鳴的太刀 下
（原名：ゴブリンスレイヤー外伝2：鍔鳴の太刀（ダイ・カタナ）下）

著　　者／蝸牛くも　　繪　　者／lack　　譯　　者／Runoka
榮譽發行人／黃鎮隆　　美術總監／沙雲佩　　國際版權／黃令歡、梁名儀
執 行 長／陳君平　　美術編輯／徐祺鈞　　內文排版／謝青秀
協　　理／洪琇菁　　執行編輯／曾鈺淳
總 編 輯／呂尚燁　　文字校對／施亞蒨

出　　版／城邦文化事業股份有限公司 尖端出版
台北市中山區民生東路二段一四一號十樓
電話：（〇二）二五〇〇—七六〇〇
傳真：（〇二）二五〇〇—二六八三
E-mail: 7novels@mail2.spp.com.tw

發　　行／英屬蓋曼群島商家庭傳媒股份有限公司城邦分公司 尖端出版
台北市中山區民生東路二段一四一號十樓
電話：（〇二）二五〇〇—七六〇〇（代表號）
傳真：（〇二）二五〇〇—一九七九

中彰投以北經銷／楨彥有限公司（含宜花東）
電話：（〇二）八九一九—三三六九
傳真：（〇二）八九一四—五五二四

雲嘉經銷／智豐圖書有限公司 嘉義公司
電話：（〇五）二三三—三八五二
傳真：（〇五）二三三—三八六三

南部經銷／智豐圖書有限公司 高雄公司
電話：（〇七）三七三—〇〇七九
傳真：（〇七）三七三—〇〇八七

香港經銷／一代匯集
香港九龍旺角塘尾道六十四號龍駒企業大廈十樓B&D室
電話：（八五二）二七八三—八一〇二
傳真：（八五二）二七八二—一五二九

新馬經銷／城邦（馬新）出版集團 Cite（M）Sdn. Bhd.
E-mail: cite@cite.com.my

法律顧問／王子文律師　元禾法律事務所
台北市羅斯福路三段三十七號十五樓

二〇二三年二月一版一刷

■中文版■

郵購注意事項：
1.填妥劃撥單資料：帳號：50003021戶名：英屬蓋曼群島商家庭傳媒(股)公司城邦分公司。2.通信欄內註明訂購書名與冊數。3.劃撥金額低於500元，請加附掛號郵資50元。如劃撥日起 10～14日，仍未收到書時，請洽劃撥組。劃撥專線TEL：(03)312-4212 ・ FAX：(03)322-4621。E-mail：marketing@spp.com.tw

國家圖書館出版品預行編目資料

GOBLIN SLAYER! 哥布林殺手外傳 . 2, 鍔鳴的太刀 / 蝸牛くも作 ; Runoka 譯 . -- 1 版 . -- 臺北市 : 城邦文化事業股份有限公司尖端出版 : 英屬蓋曼群島商家庭傳媒股份有限公司城邦分公司發行 , 2023.2-
冊 ;　公分
譯自 : ゴブリンスレイヤー外伝 . 2, 鍔鳴の太刀 (ダイ・カタナ). 下
ISBN 978-626-338-804-8 (下冊 : 平裝)

861.57　　111017194

哥布林殺手外傳2

鍔鳴的太刀

GOBLIN SLAYER

哥布林殺手外傳2
鍔鳴的太刀
GOBLIN SLAYER